匍匐前进

吴选印 著

陕西新华出版传媒集团

三秦出版社

图书在版编目(CIP)数据

匍匐前进/吴选印著. —西安:三秦出版社,2019.9
ISBN 978 - 7 - 5518 - 2007 - 3

Ⅰ.①匍…　Ⅱ.①吴…　Ⅲ.①诗词—作品集—
中国—当代　Ⅳ.①I227

中国版本图书馆 CIP 数据核字(2019)第 198709 号

匍匐前进

吴选印　著

出版发行	陕西新华出版传媒集团　三秦出版社
社　　址	西安市雁塔区曲江新区登高路 1388 号
电　　话	(029)81205236
邮政编码	710061
印　　刷	三河市嵩川印刷有限公司
开　　本	787mm×1092mm　1/16
印　　张	17.5
字　　数	220 千字
版　　次	2019 年 10 月第 1 版
	2021 年 7 月第 2 次印刷
标准书号	ISBN 978 - 7 - 5518 - 2007 - 3
定　　价	59.00 元

网　　址: http://www.sqcbs.cn

序　言

心有阳光气自华

　　我和选印是乡党，是战友，更是兄弟，一路相伴，掐指算来已有四十多个年头了。得知他的诗集《匍匐前进》即将付梓，我欣然应邀予序并题写书名。

　　我俩是一个营的战友，又在同一机关工作多年。我先回地方工作，他随后也调入省军区机关。我俩同在古城，十分投缘。我翻阅过他几十年间发表的文章剪贴本——《选印作品集》，整整六册，数十万字，看后令人赞叹不已，我对选印更是肃然起敬。选印聪慧好学，积极上进，无论在部队还是在地方，工作都取得了骄人的成绩，其成功的轨迹可以从他的经历、他的处世、他的修为，以及他积存的大量文字特别是《匍匐前进》诗集中知其八九。

　　选印的性格比较沉稳，但在练兵场上却霸气十足，是团里有名的训练尖子和夺标专业户。他小我几岁，晚几年当兵，但有意思的是，他刚入伍就和我在一个营，是炮兵侦察分队的计算兵。计算兵是炮兵部队核中之心、重中之重，这使得他如鱼得水，如虎添翼，不久就崭露头角，成为训练标兵。提干后，他在全团炮兵指挥干部比武中多次获得第一名，代表团里参加集团军参谋业务竞赛、炮兵比武，后来又参加原兰州军区军事学术论文评比、参加全军涵测作业比赛，都取得了优异成绩，个人也多次立功受奖。

　　选印是一名真正的军人，他将生命中最美好的时光奉献给了部队，他的诗文也多与军事活动有关。他在军炮兵团任作训股长，后来在集团军司令部和陕西省军区司令部工作，总能从部队战备训练中捕捉灵感，创造了许多独到的训法战法，他的《利用"地形跳出法"提高炮兵战术训练效果》《炮兵遭敌炮火反击时间浅析》等先后被《人民炮兵》《炮学杂志》刊载。在他发表的众多军事论文中，不乏总揽全局、立意高远之作。《学会科学地观察时局》《战争要求更新远近观》《不妨学点"糊涂术"》等在《解放军报》"军事论坛"栏目刊发并获奖。《大中城市战争动员应把握的几个问题》《如何发挥民兵预备役人员在西部大开发中的作用》等被《国防》和《陆军学报》刊发，为部队教育训练水平的提高和国防后备力量建设做出了积极贡献。

丰富的经历，潜在的积累，成就了他的诗文。他的作品涉及面广，体裁多样，被杂志、报纸刊登过的有论文、诗词、通讯、杂文、调研报告、内部信息，还有楹联和广播稿等，从"一句话新闻"到五六千字的"大块头"，其思路之开阔、思想之活跃可见一斑。《匍匐前进》中有多篇结合了工作中的所思所想、所见所闻、所作所为，有些就是对某项工作或者训练方法的描述和总结，如《判读务虚会》中"塬区栽果不种粮，河边多菜少碾场"，"围绕景点修专线，靠近专线建名店"等，就是他任临潼区区委常委、人武部部长时对临潼区经济发展思路的形象描述。

心是供佛的天堂，爱是沟通的灵杖。读他的诗文，能感受到字里行间飘逸着馨香，透射着阳光。《爹娘是我心中佛》《村头的皂荚树》《九百五十七朵玫瑰》等，均是作者心迹的刻画、真情的涌动。当我读到《太子沟印象》时，思绪竟随着诗句回到了阔别四十年的太子沟，回到了那热火朝天的练兵场。我以为，一篇文章，一首诗，若能唤起读者对初心的追忆，那无疑是对作者的最大褒奖，选印的诗做到了。

    《匍匐前进》以及《选印作品集》涉及的面很广，信息量很大，相信读者会从中汲取教益。总之，选印老弟大作行世，我非常高兴，特吟拙诗点评一二，以示祝贺！

男儿报国有豪气，赤情染就橄榄绿。
沙场点兵铸铁骨，运筹帷幄生妙计。
观通炮驾任指挥，南疆杀敌扬国威。
军地共建求双赢，犁剑同舞相向行。

心系民生谋和谐，科技创新探未来。
身有傲骨淡名利，心存感念近竹梅。
珠玑漫吐溢清香，奇文雅诗铸典章。
匍匐前进无憾事，夕阳无限度榆桑。

白京勤
2019 年 8 月 1 日于西安安定门外

（白京勤，国家一级美术师、著名书法家、评论家）

目　录

第一集　军人襟怀

第二集　军旅情怀

第三集　览胜畅怀

第四集　人生遣怀

第五集　哲思咏怀

第六集　寒窗抒怀

第七集　履职感怀

第一集

军人襟怀

绿色的希望

昨天
从绿色的海洋里
流出一条小河
名叫成熟
今天
在金黄的大地上
潺湲一溪清波
名叫希冀
谁说这是凋零的季节
新绿，大步走进了营区

朝阳洒下万道霞光
大地把炽热的胸怀袒露
拥抱这温室里徙来的嫩绿
小禾苗沐着阳光托起露珠
嫩绿有了生根分蘖的机会
煦风里飘来了花的自白
那艳丽里注入了传帮带的职责

萌发吧
生命的叶绿素
成长吧
嫩绿的小禾苗

壮大吧
祖国的绿长城

军　营

红砖红墙
正正方方
门口嵌着岗亭
两名军人把望
禁止随意进入
一个神秘威严的地方

营区里的树
多是白杨劲松
身子站得笔直
如在队列之中

营区里的草
叶蔓青翠碧绿
如同士兵的军衣
绘出天然一色

营区里的花
朵朵鲜艳
就像士兵的笑脸
无比阳光灿烂

清晨
战士们起床出操
大地为之颤动
场上绿影重重

正午
红蓝两军对垒
四面吼声如雷

傍晚
夕阳洒下余晖
官兵促膝谈心
营区和谐温馨

深夜
战士进入梦乡
四周一片寂静
蚊蛾飞过的声音
都能听得分明
……

军　旗

南昌城头
大渡河畔

太行山中

上甘岭上

你站在哪里　哪里就是阵地

你插向何处　何处就有荣光

你沐着血雨

你和着腥风

万千烈士的鲜血

把你的身躯浸红

金黄的"八一"二字

是你出生的证明

你是立场鲜明的导向标

引领队伍坚定迈向前方

你是永不磨灭的精神

是战士不朽的信仰

你是至高无上的荣耀

是胜利和永不屈服的丰碑

啊，军旗

你是火，是雷，是电，是朝阳

军队在你的引导下

昂首向前　势不可当

战士在你的指引下

奋勇前进　淬火成钢

看吧——

听吧——

新时代的中国军人

发出了撼天怒吼

高举着庄严的军旗

大步走向辉煌

军　装

常服——

简洁朴素，大方得体

礼服——

挺括华丽，威武无比

训服——

经久耐磨，宽松自然

战服——

变色"隐形"，迷乱敌眼

穿上军装

意味着拥有军人的尊严

神圣的内涵需要青春点燃

穿上军装

就被赋予了职责

如山的责任需要勇敢承担

穿上军装

认定了苦干

不屈的意志需要血汗浇灌

穿上军装

注定了奉献

无私的付出需要忠心赤胆

未穿军装

人生会有些许缺憾

穿过军装

生命会烙下军人的印迹

脱下军装

会永远留下绿色的思念

帽　徽

一颗红星

闪闪发光

麦穗松柏

围绕两旁

天安门与齿轮

熠熠发光

这是国之象征

更是军魂铸成的信仰

它就是军徽

缀在军帽中央

戴上它

祖国安危崇高至上

戴上它

人民嘱托永记心间

戴上它

队伍前进有方向

戴上它

永远跟党不迷航

领　　章

两面红旗

扛在肩上

一左一右

相互映衬

它是血染的色彩

是红色中国的印章

更是战士心中的担当

戴上它

继承先烈志

戴上它

初心永不忘

戴上它

永远向前方

戴上它

破敌打胜仗

军　礼

五指并拢

抬起右臂

用手和双眸

诉说心中的神圣

尊重

感激

钦佩

歉意

没有言语

没有哭泣

没有撕心裂肺的呐喊

没有地动山摇的许愿

然而

抬臂注目或持枪的瞬间

军人的情感却显得格外庄严

宣　誓

举起右臂

握紧虎拳

目视前方

瞪圆双眼

为了祖国强盛

为了人民康宁

为了理想信念

为了美好明天

面对军旗

心怀父老乡亲

我们起誓

甘洒一腔热血

愿献青春无限

我们准备好了——

时刻听从召唤!

立 正

抬头挺胸

岿然不动

两腿直立

脚跟并齐

雄姿英发

沉稳大气

执行口令

矢志不渝

注目前方

所向无敌

这是军人禀性

彰显人之正气

国旗之下

威然伫立

人民嘱托

永远牢记

为国尽忠

听从指挥

无须炫耀

不必盟誓

坚定地站在那里

就是对理想信念最好的诠释

稍　　息

前进的征程中——

稍作休息

并非后退

毋言撤离

请看——

双腿交换着承重

上体仍持正立姿势

目视前方

整理着装

调整呼吸

校准方向

为了走向胜利

积蓄能量才能事半功倍

战场机缘瞬息万变

进退之间充满悬念

泰山压顶——

敢强攻

趋利避害——

善迂回

迎接胜利曙光

收放自如才是超级智慧

运筹帷幄

决胜千里

休息片刻

蓦然跃起

我们是正义之师

我们熟识辩证之理

收回拳头是为了更有力地进击

解　散

为了更长久地坚持

任务间隙

稍事休息

 匍匐前进

或者

疏散开来

销声匿迹

苦练

待机

强身健体

积蓄力量

做好冲锋前的准备

集 合

一声令下

汇众成堤

各就各位

手扣扳机

进攻——

排山倒海　锐不可当

防御——

固若金汤　坚如磐石

整 齐

为了共同的目标

携起手来

调整距离

修正差距

快速移动

向基准看齐

统一行动

永远保持一致

报　　数

为了共同的追求

我们站在一起

注目听令

依次传递

庄严地发出声明——

我们从"一"开始

我们是铜墙铁壁！

齐　　步

基本步伐

自然潇洒

纵横看齐

有序行进

口号嘹亮

歌声飞扬

听吧——

向前！向前！向前！
我们的队伍向太阳！

跑　步

情况紧急
双臂收起
争分夺秒
疾速前进
一鼓作气
占得先机
看吧
队伍如钢铁洪流
勇往直前
无坚不摧

正　步

节日庆典
作战凯旋
盛装出场
意气飞扬
踢腿摆臂
如箭似浪
风起云翻

大地震颤

自豪吧

我们赤心报国

雄姿英发

正在接受祖国检阅

蹲下、起立

一声令下

立刻蹲下

上体正直

手放膝上

坐稳脚跟

稍作休息

为了站得更久

为了行得更远

不断积聚能量

筹谋下次行动

听到起立命令

准备发起冲锋

四 面 转 法

前脚抓地

双腿绷直

两臂下垂

上体挺立

合力转体

后脚靠齐

为了走向胜利

必须缩短距离

不断校正方向

适时变换位置

向着新的目标

我们阔步前进

军　语

战略

战术

侦察

隐蔽

特有的韵律

特别的含义

简洁明快

铿锵有力

近万个词条

写满公开的秘密

不是密语

不是暗号

公开透明

却是军队生存必需的软装备

有了它

号令统一

步调一致

有了它

军队的职能

军人的气质

表现得淋漓尽致

军　号

你是乐器

黄铜铸就身体

极少现身剧场

另有广阔天地

迈步走进军营

发声就是命令

清晨

你的声音清脆悠扬

将士们闻声起床

整理着装

奔向操场

正午
你的声音雄壮昂扬
将士们全副武装
沙场苦练
淬火成钢

傍晚
你的声音浑厚和缓
将士们闻声就寝
渐入梦乡

情况危急
你的声音急促激昂
将士们闻声听令
奋不顾身
冲向最前方

军　　歌

慷慨的语言
激扬的文字
铿锵的音符
悦耳动听之中
震撼了多少心灵
引起了多少共鸣

俱往矣

垓下浴血

四面楚乐奏起

军心不稳

霸王挥泪别虞姬

孔明抚琴吟唱

笑看司马围城

悠扬之中退魏兵

面对凶残的日寇

《义勇军进行曲》吹响了号角

万众奋起　抗日救亡

志愿军在战歌声中

雄赳赳，气昂昂

跨过鸭绿江

听，军歌响起来了

节拍铿锵

热情奔放

群情激昂

气吞山河

伴铁流滚滚

银鹰翱翔

随战舰劈浪

战旗飘扬

匍匐前进

目视前方

瞪大眼睛

屏住呼吸

为了最后的胜利

像奔跑前的猎豹

把身体放低

再放低

曙光在前方

四周常常布满荆棘

密密的铁丝网

疯狂的火力

消灭敌人

保护好自己

携好枪弹

把身体放低

再放低

许多时候

快与慢

进与退

冲击

等待

迂回

跃进
低姿、侧姿、高姿
都是必要的选择

人生
就像攻山头
昂首阔步当然好
而我崇尚的
往往是——
心有阳光
目标笃定
坚韧不拔
匍匐前进！

岗　　楼

方的，如键
圆的，似铆
高不过一丈
长宽一米见方
体形不巨
彰显威然之气

岔道要冲
峭壁之上
辕门之前
甲板中央

无论立于何处
总是直立向上
岿然如松

挺立是你的个性
坚定是你的信念
你站在哪里
哪里就是安全的港湾
你立在哪里
哪里就有和谐的音符

哨　兵

身着军装
紧握钢枪
你已上岗
把人民的安危扛在肩上

漆黑的夜里
你双眸借着微光
把沉寂的四周眺望
炽烈的阳光下
你迎着袭来的热浪
探寻那可疑的闪光
繁华闹市中
你紧盯川流不息的人群
搜索着异样的目光

天涯礁石边

你瞭望着辽阔海洋

注视那诡异的小浪

茫茫雪原

你身披雪帐

像一只雪鹰展翅翱翔

大漠深处

你匆匆走过

留下一行绿色的向往

万里海疆

你站上岩石

宛如挺立的雕像

朝阳升起

你持枪而立

把生机与希望传唱

战　士

泪别父母入军营，一颗红心走西东。
踏铁留印起正步，目不斜视昂首行。
排除万难不惜死，驰骋千里火生风。
胸中自有报国志，岂为赏金留汗青。

抢险救灾何惧苦，扶贫帮困赤子情。
扎根边疆如红柳，勇立潮头遏飞舟。
一双鹰眼似铜铃，两只铁拳敌寇惊。

能歌善武才艺稠，百步穿杨武艺精。

大漠绝壁挥霜戈，海疆碧空悬雕弓。
流金夏日战赤龙，数九寒天卧坚冰。
沙场点兵虎贲勇，上阵杀敌打冲锋。
浑身豪气铺云路，满腔热血铸春秋。

战　友

报国几度春，戎装不离身。
晨随旭日起，夜伴星月沉。
一锅盛三餐，通铺思远亲。
同卧高原雪，共枕塞外云。

操戈练对攻，对坐议青春。
携手排恶浪，并肩断敌魂。
安乐相视笑，患难送温馨。
大义无反顾，生死两昆仑。

分别泪如雨，相聚千里奔。
举杯不知醉，捶胸呼旧音。
热血洒边关，肝胆照征尘。
赤心为国固，终生无憾恨。

水调歌头·班长

军中一标杆，
兵头将尾衔。
正立队列之首，
芳华付流年。
牵手推心置腹，
迈步不畏艰难，
英勇把敌歼。
满满正能量，
事事总当先。

举右臂，
挺起肩，
把梦圆。
强军路上铸剑，
奋力再登攀。
海陆空天星电，
握成铮铮铁拳，
困苦若等闲。
戍边固华夏，
赤诚感九天！

军　嫂

含苞待放的季节
你像害羞的芙蓉
对绿色情有独钟
毅然把绣球抛入军营
从此
你的爱
你的憧憬
你的生命
就和军人一路同行

短暂相聚之后
军人要归军营
你虽有万般不舍
只能含泪相送

慢慢地
你脸上的红晕渐褪
无尽的思念中
眼角添了几丝倦容

天长日久
你身上的担子越来越重
赡养公婆
教育子女

从早到晚
由春到冬

再看看大街小巷
公园里
游乐场中
和和乐乐的一个个小家庭
多么幸福
开开心心的一对对情侣
那样的甜蜜
而你却形单影只

这，就是现实
嫁给军人
你就告别了柔弱
嫁给军人
你就面临着聚少离多
嫁给军人
你就选择了坚强
嫁给军人
你就为国防建设贡献了自己的力量

军　犬

橄榄丛中一奇兵，风驰电掣疾如风。
闪转腾挪似闪电，嗅闻捕咬展硬功。
目光炯炯如火炬，牢记使命不作声。

但闻霹雳一声吼，獠牙利爪撕贼寇。

蛛丝马迹侦元凶，搜索追踪是尖兵。
刀山火海无所惧，勇往直前逞英雄。
一片忠诚泣鬼神，疾恶如仇真性情。
旌旗飘飘凯旋日，军功章里有其名。

军　训

把苗壮成长
希望与憧憬
寄托于一次绿色的历练
从吃饭、穿衣、睡觉做起
刷牙、洗脸、叠被子
转身、迈步、走起
紧急集合
操枪、卧倒、射击
步步为营
步步紧逼

几天、十几天、几十天
各行各业
长幼咸集
抛掉已知的束缚
接受全新的标准
简简单单的动作
重复百遍、千遍、万遍

把歪七扭八规正

把偏差偏移校齐

严苛中

泪水中

淬炼中

把幼稚送走

把骄横剔去

把怯弱赶跑

把大大的"人"字扶起

潜　伏

为了使命

隐姓埋名

潜龙潭

入虎穴

搜情报

理杂糅

似尖刀插入敌胸

为了融入敌群

乔装

匿踪

有时逢场作戏

甚至称兄道弟

理解

不理解

掌声中

骂声中

捕获敌情

为了信念

孤胆独行

与狼为伍

似有鹰的眼睛

示弱

示强

随机应变

运筹帷幄

为了胜利

为了更大的胜利

隐忍

自伤

甚至牺牲

即使成功了

也不一定能归队

显露真容

这就是

特战

暗战

潜伏

军中精英

幕后英雄

廖运周　熊向晖

杨子荣　韩练成

杰出的代表

向他们致敬

他们创造辉煌

拥有别样人生

永远是个兵

报名

体检

政审

经过严格挑选

我们如愿

穿上军装

走进军营

我们是一名光荣的兵

学习

训练

比武

历经磨砺锻炼

我们成长

不断进步

走向成熟

我们是一名合格的兵

演习

抢险

作战

无数生死考验

我们冲锋

英勇杀敌

抗震防洪

我们是一名无畏的兵

转业

退伍

复员

服从祖国安排

我们无怨

二次就业

鏖战商海

我们是一名无私的兵

退休

从容

安闲

回归温馨家庭

我们无憾

快乐生活

笑谈人生

我们是一名快乐的兵

第二集

军旅情怀

离　乡

闻得西去从戎令，踏暮归来隔日行。

挚友相拥怨时短，慈母垂泪到天明。

西出阳关男儿志，待得三秋姹紫红。

天际回首终一瞥，壮志在胸定当赢。

新　兵

手捧从戎令，阖家喜气盈。

穿上绿军装，单车走不停。

告别故土地，专列向西行。

来到太子沟，此处乃军营。

先学打背包，再把内务整。

训练从四严，腰酸腿又痛。

晚上想爹娘，流泪不作声。

最怕哨声急，雄鸡未啼鸣。

苦练两月余，喜把领章缀。

分进老兵班，正式入了队。

当了计算兵，夯基从一起。

踏上新征程，策马正驰骋。

考　核

野训关山

精兵苦练

身着迷彩服

携带图板、作业包、望远镜

还有冲锋枪和子弹

山，平地三百冒尖

道，呈现一条黑线

风，呼呼地吼

雨，唰唰直泻

小刘一眨眼

军帽飞落深渊

乍一看

乌云翻滚

阴霾连天

心一颤

举目望"导演"

是问——

还练不练？

团长一挥手

目标指向山巅

穿好雨衣

整理装具

任务不变

继续向前

山呼林啸雷鸣

云滚雨注电闪

似万马奔腾千军呐喊

上！"三一三余一"——一鼓作气

登！个个如猛虎强力向前

冲！步兵在呼唤急需火力支援

但见

团长一马当先

威武似当年

脚下

踏出道路一条

踩碎荆棘一片

提前到位

准备就绪

指示目标

展开交会

下达诸元

"一发装填"！

捕捉炸点

校正修偏

全营齐射

首群覆盖

随着"好!""好!"的声声报告

团长把头点

又见

笑意挂上眉尖

注：三一三余一：即上一步三尺，滑下二尺，喻山道湿滑。

诸元：火炮装填的标尺分划，含高低、方向等。

扎　针

大夫行医用针

解消病人痛苦

慈母缝衣用针

送给家人温暖

炮兵打仗用针

精心操作

巧算机关

手握扎针

瞄准靶心

让锐利的针锋

扎向敌军阵地

扎进敌人心间

看

扎针去处

唤来万钧雷霆

弹雨如箭

火光冲天

敌阵

一片散落

一片残缺

一片溃烂

针（真）是——

小小扎针

把把利剑！

注：扎针：炮兵计算兵作业用具。

炮兵计算兵

一块图板意纵横，两支铅笔如刀弓。

加减乘除判敌位，高低左右定敌营。

扎针去处火龙出，指挥尺下旌旗红。

毫厘之间精算计，山呼海啸唱大风。

炮兵侦察兵

匍匐前进探敌营，抵近侦察觅行踪。

昼观特征不漏痕，夜伴繁星不遗声。

单观把控方位准，双观丈量距离清。

酷暑严寒无所惧，刀山火海仍从容。

蛛丝马迹辨杂糅，大海捞针显敌影。

科学分析识哑谜，一丝不苟称轻重。

知己知彼布罗网，校正火力击要冲。

火眼金睛留美名，兵中尖刀真英雄。

人 武 部 长

身着军装

献身国防

走在军队序列

归属地方武装

我的营区

位于城镇之中

标志鲜明

是安全的保障

我的基层

是乡镇村庄

是城市街道

是矿山工厂

我的兵将

处万民之中
在千户雪藏

我的职责
建设强大国防
壮大后备力量
征兵整组，夯实基础
教育训练，增强本领
应急救援，指挥若定

这就是
人武部长——
扎根区县
勇于担当
在强国强军路上
默默奉献
执着昂扬

这 朵 花

阳春三月
这朵花开了
蜜蜂欢快地唱着赞歌
布谷鸣叫着鼓掌道贺
彩蝶扭起了翩翩舞姿
春燕追逐着传递喜报

这朵花
根植于人民内心的希望田野
汲取着血和乳的汁液
开在万物俱兴的春天
点缀着神州广袤的土地

如果你
迷恋这娇羞的花蕊
陶醉于瑰丽的颜色
轻吻这温柔的嫩肌
品味这满溢的芬芳
你会得到如下结论

这朵花
是理想织成的梦
是汗水浇灌的魂
是七彩闪烁的朝日
是永不停息的生命

所以
有理由相信
戴在胸前的
装进档案的
溢于言表的
默默无闻的
都是它丰硕的果实

都有它倡求的意义

看吧
它就在咫尺
在官兵的言行里
新枝吐芽缀满营区
它就是精神文明之花
伴着奋进的步伐
使威武之师更加强大

遭 遇 炮 击

乙丑牛年冬天，
老山轮战正酣；
奉命奔赴前线，
共谋出击拔点。

登上八里东山，
我军雄师把关；
阵地固若金汤，
道道铁壁铜墙。

走进钢构通道，
直达一线堑壕；
跃身猫耳洞中，
探侦前方敌情。

视察师属炮团，
到达指挥前观；
发出射击指令，
敌阵一片硝烟。

登上主峰老山，
堑壕曲折蜿蜒；
遥望对面山涧，
敌阵若隐若现。

火箭炮营就餐，
沿着山道折返；
突遭越军炮击，
炸点涌起黑烟。

情况十分危急，
快速下车躲避；
就近伏卧沟渠，
等待时机撤离。

敌军使用榴炮，
炮弹弹道很高；
听见声音卧倒，
弹片引燃荒草。

发现敌人炮击，

我军强力压制；
一顿火力急袭，
顽敌呼天喊地。

利用敌火间隙，
迅速乘车驶离；
安全到达营地，
亲历炮火洗礼。

宝成线抢险

淫雨绵绵
土地松软
山体滑坡
阻断宝成线

接到命令
紧急集中
经宝鸡
直插灾区

到达滑坡点
地名杨家湾
山形似犄角
狭窄展开难

匍匐前进

面对千斤巨石

缺少机械助力

仅有板车钢钎

竹筐铁镐扁担

流沙不断

顽石如铁

住进闷罐

雨透衣衫

挥起铁臂

挺起钢肩

战士如猛虎

个个勇当先

推起小火车

挑起千斤担

咬牙苦干

日夜鏖战

碎石运土

多点攻歼

巨石难移

杠撬绳拽

手脚打泡

血迹斑斑

分秒必争

整整七天

终于畅通

班师凯旋

注：闷罐：即住在老旧的火车厢里。

岂是为了立功

箭一般驰

披荆奔去

经虢镇

过斗鸡

直插灾区

我看到了

看到了人民的期盼

点头微笑的是慰藉

伸出拇指的是赞许

滚出热泪的是谢意

猛然

我听到了一声呼喊——

"冲，大兵立功了！"

从河桥拐角处

飘向急驰的车队

冲，是要冲

用双手修复受损的田地

冲，是要冲

用铁臂扛起倒塌的路基

冲，是要冲

用身躯阻挡漫出的洪水

冲，是要冲

这是党的召唤

人民的期盼

军人的职责

可这——

冲

岂是为了立功?!

太子沟印象

远眺黄塬掩深沟，

走入沟内全是兵；

四连在下五连中，

六连营部靠沟顶。

连自为战小平台，

自建营房一排排；

红砖红地小平房，

全班通铺大板床。

五连下面大操场，

会操训练口号亮；

操场南侧大屋顶，
车辆火炮藏其中。

东侧凸出挺坚固，
枪弹炮弹储满库；
营部水塔似碉堡，
官兵吃水少不了。

沿着崖边挖窑洞，
养猪贮菜能防空；
沟边野生柿子树，
金秋十月果满枝。

站上沟顶向南望，
巍巍秦岭气势壮；
渭河滔滔白似练，
陇海铁路卧中间。

俯瞰脚下引渭渠，
浸润沃土三百里；
下山坡陡似人推，
上山小道比耐力。

沟底村庄名土桥，
向东十里乃西秦；
支部书记李双印，
主席授枪老先进。

西南远方大城镇，
盘卧高丘叫虢镇；
团部坐镇在其中，
多去洗澡看电影。

连队生活有特色，
教育训练苦中乐；
课余开荒修菜地，
种点蔬菜补伙食。

促膝谈心坐地头，
比学赶帮争上游；
你追我赶当先进，
争先恐后掏大粪。

打猪草来去帮厨，
新兵都在争扫帚；
美化营区砸树坑，
有圆有方造型多。

如今已隔数十秋，
昔日营房已无踪；
操场炮场变耕地，
几孔窑洞成遗迹。

观此情景多感慨，

铸入梦里常徘徊；
余生难忘太子沟，
毕竟那里是青春。

离开太子沟

七年积蓄力量
七年交织感情
七年朝夕相伴

当炽热的情感
带着红扑扑的笑脸
我来到这里
开始人生的攀登

当前进的热望
带着汗津津的困
我积蓄全部能量
在一片赞誉中狂奔

当稚嫩的兴奋
带着胜利的决心
我极目向上眺望
在鼓励或不解中奋进

当迟到的进步

带着无限的渴求

我真真地携着诚意

在一片明媚的清晨

再见

太子沟

再见

第二个家

再见

七载奉献的年华

注：第二个家：东数第二个窑洞，笔者宿舍。

我感激这条小道

千米长

三尺宽

一边挨崖

一边邻渊

营房下这陡峭的小道

盛夏

你熬出了我虚弱的汗

隆冬

你给我热量抵御严寒

雨中

你用泥泞磨炼我的意志

雪天
你让冰冻考验我登攀的决心

欢乐时
我踩着你的掌声去团部看戏
迷茫时
我靠紧你的肩膀请你指点迷津
忧郁时
我投入你的怀抱拉你一同叹息
烦闷时
你陪我尽赏渭河岸边的景致
寂寞时
你邀我细数生活的乐趣
乏困时
你让出膝头供我歇憩

啊，小道
你是那样的忠诚朴实
默默地
又坚定地承载着责任
任凭碾压甚至侵蚀
永远不言放弃
小道
我衷心地向你致敬
你是陪伴我七载的无言知己

在别离的前夕

我站在四连的岗楼边

又一次凝视这弯弯的小道

心中有说不出的感慨和依恋

看啊

它像一条泛白的曲线

那样的坦然

永远静静地躺在那里

在月夜里

宛如少女的娇臂

啊，小道

我将要别你而去

请允许我

允许我深深地道一声感谢吧

你给了我成熟

我留给你的

也绝不是荒芜和成长的惋惜

脱下军装的那一刻

脱下军装的那一刻

我痴痴伫立

习惯性地举起右手

向军营道别

可

中指在眉尖凝住了

许久许久
不愿落下

脱下军装的那一刻
淡淡的伤感涌上心头
喉咙
凝住了
许久许久
似有千言万语
却一句也没有说出口

脱下军装的那一刻
眼睛模糊了
泪水喷涌而出
许久许久
挂满了脸颊

脱下军装的那一刻
理智告诉我
此刻起
我不再是一名军人了
二十九载的军旅生涯
军装帽徽
肩章领花
那一幕幕火热的场面
将被锁进记忆
怎不令我肝肠寸断、难舍难分

再见，绿色的军营

再见，亲爱的战友

我含泪远去

可橄榄绿是我终生的挚爱

这份爱

将伴我踏上新的征程

续写新的风采

假日聚餐

当升腾的旭日

点燃了炽热的心

六个意气相投的兄弟

换上便装

带着好心情

怀着朦胧的憧憬

载着

昨天的辛苦

今天的喜悦

明天的希冀

走向自由

和久违的相聚

为了加固深笃的情谊

为了填充瘪去的肚皮

为了饱览繁华的景象

我们相约外出

像对对热恋的情侣

手牵着手

按照既定的路线

向着目的地奔去

借酒精的启示

凭蛋白的支持

我们贪婪地吮吸着

自由

和膨胀的兴奋

年长者不解的责备

我们还以晚辈的歉意

同龄人嫉妒的言语

我们给予高傲的摒弃

姑娘们好奇的眼神

我们报以启示的笑靥

就是这样

我们踩着欢愉的节拍

伴着发自内心的祝福

唱着"向前、向前、向前"的歌

把企盼和信念

化为喋喋不休的梦呓

江城子·送战友

四载并肩太子沟。

指挥排，

共从戎。

朝夕相处，

兄弟情谊浓。

挚友复转回故土，

常思量，

永难忘。

每每相逢在梦乡。

忆当年，

诉衷肠。

鸿雁传情，

各报世情忙。

保家卫国尽义务，

经磨砺，

志更刚。

注：太子沟：部队营房所在地。

永昌接兵与战友重逢

(一)

一条大道通山丹，祁连火焰分两边。

相距不足百里远，时节相左让人叹。

祁连巍巍白皑皑，赤红耀眼火焰山。

一日四季飞逝过，揣着怀炉尝瓜甜。

(二)

迎新送老同一年，一朋五友聚金川。

朝夕三载情谊重，相逢自然泪湿衫。

端起烧酒用碗干，争先恐后去埋单。

为国尽忠无憾事，只盼来日再相见。

战友南京聚会随感

战友聚金陵，群里顿沸腾。

追忆从戎事，想念众弟兄。

侦察是尖刀，操炮逞英雄。

三级演武场，纵横任驰骋。

转业奔四方，坦然转战场。

商海战蛟龙，仕途迎劲风。

品茗意悠长，把酒情更浓。

　　人生沧桑事，几多用真情。

　　当年韶华容，如今鬓染秋。
　　荏苒四十载，恍若昨日梦。
　　唯愿体康健，岁月正春风。
　　千里遥相庆，好似在其中。

战友干一杯

斟上
那曾经的绿

红旗两边挂

五星头上戴

进军营

抬右臂

报告

入列

斟上
那曾经的嫩

整内务

走队列

一步两动

一步一动

连贯动作

传帮带

跟我来

斟上
那曾经的汗
演兵场
摸爬滚打
匍匐前进
红蓝对抗
冲锋陷阵
瞄准
射击
又一个十环
弹中靶心

斟上
那曾经的泪
夺冠
立功
绝处逢生
强敌溃退
复员
转业
兄弟情深
难舍难分

斟上
那曾经的念

分别

创业

天各一方

杳无音信

过得好吗

何时能相会

斟上

斟满

庆八一

老兵聚会

观沙场点兵

忆峥嵘岁月

战友们

来来来

干一杯

再干一杯

和着"向前、向前、向前"的歌声

不忘初心

千杯不醉

炮指战友古城相聚

时光荏苒数十年，炮指战友聚长安。

凝眸相视昨日面，笑看两鬓霜花沾。

遥想当年在二康，炮兵指挥有担当。

地炮高炮共携力，团结奋进一面旗。

火舌吐出山呼啸，弹落靶标地战栗。
战役演习展筋骨，南疆揍敌铁拳挥。
各奔东西谱新曲，转战南北续佳绩。
牢记使命自奋蹄，不负初心那点绿。

久别相逢思语稠，历数沧桑岁月长。
举杯共忆军中事，把盏同叙进退歌。
卸任回归度流年，含饴弄孙亦安然。
共筑和谐中国梦，夕阳无限霞满天。

江城子·聚餐御宴宫

（一）

战友同学又重逢。
花甲至，
喜庆生。
浊酒一壶，
共话岁月稠。
往事历历眼前展，
同窗寒，
戍边苦。

遥想当年在荆中。
轻读书，

批孔孟。

铁生黄帅，

白卷皆英雄。

郭村学农为何事？

无厘头，

青春误。

（二）

男儿立志走军营。

橄榄绿，

报国情。

摸爬滚打，

大漠练硬功。

共赴南疆揍敌寇，

演武场，

屡争雄。

弹指一挥四一载。

历沧桑，

鬓染秋。

笑谈人生，

兄弟情更浓。

同在古城度华年，

互祝愿，

多珍重。

满江红·南京大屠杀八十周年祭

　　八十年前，山河碎、金陵遭罪。尸满壑、血溅钟山，赤水连天。鬼子淫掠狂烧杀，三十万人蒙大难。泯人性、罪孽绝人寰，千古谴。

　　忆当年，想今天。日余孽，仍诡辩。抱美鹰大腿，意欲作乱。莫贪笙歌忘旧恨，振兴中华任在肩。倚长剑、想国耻家仇，何时断？

九百五十七朵玫瑰

又一个清明节到了

赵勇，兄弟们

我将要起程

再一次去看望你们——

我日夜思念的兄弟

今年

我早早订下了九百五十七朵玫瑰

走进麻栗坡

踏上花岗岩贴面的石阶

我远远望见了

赵勇和我的九百五十六位兄弟

向我招手

我知道

这一天你们等了好久好久

早已列队等待
还是当年的神态
我手捧鲜艳的玫瑰
轻轻地走到你们面前
一人一朵
把玫瑰别在你们胸前
相互握手、敬礼
像颁发军功章一样
眼里噙满泪水

玫瑰是我精心挑选的
朵朵艳丽无比
就像你们的年纪
笑容灿烂的十八九岁
正值青春芳华
散发着浓浓的香气

看到你们幸福的笑脸
我的心得到丝丝慰藉
我知道
你们风华正茂
对真挚的爱有多么期待

三十多年了
在我的脑海里
你们的身影千百次地走过

笑容是那么清晰

我也常常梦中惊醒

看见你们趁着夜色向敌人发起冲击

老山、八里河东山

阵地上火光冲天

你们一个个倒下

胸膛染成了红色

像盛开的血莲

……

三十多年过去了

如今

我的孩子也到了你们的年纪

可我的脑海里

填满的还是那时的记忆

红扑扑的笑脸

绚丽的青春气息

赵勇，兄弟们

相同的命运

铸就了相同的情感

今生今世

繁华的都市

广袤的乡村

割不断鲜血凝成的友谊

就说这九百五十七朵玫瑰吧

不是用工资购买

而是用我数十篇作品的稿费换来的

那些作品是我写给你们的诗文

里面

缀着对你们纯真的爱

堑壕里的潮湿

猫耳洞的记忆

还有

关于战争的哲理

赵勇，兄弟们

今天我要告诉你们

我已经决定了

离开打拼了十八年的北京

搬到昆明定居

为什么

别人也许不理解

可这份永生的情结

我释怀不了

就是——

就是想离你们近点、再近点

梦见你们了

想你们了

可以随时来看看你们

注：本诗根据《一个老山女兵谢楠的生命记忆》而作。

赵勇：长眠在麻栗坡烈士陵园的一名烈士，女兵谢楠的老乡。

参观麻栗坡烈士陵园

踏上花岗岩砌成的石阶
心情越来越沉重
我的九百多位兄弟
长眠在这松柏之中

想当年
西南边陲硝烟弥漫
兄弟们告别了亲人
手握钢枪
毅然奔赴最前线

在和敌人殊死的搏杀中
兄弟们像猛虎一般
收复了被掠的土地
边民获得了安宁
可不幸的是
罪恶的子弹挡住了你们青春的脚步
十八九岁怒放的生命
永远留在了这片林地

我站在墓碑前
思绪再次飘向那激烈的战斗场面
猫耳洞的蹲守

密林中的潜伏

出击拔点

围剿攻歼

兄弟们前赴后继血染战旗

无悔地奉献出宝贵的生命

兄弟们

让我再看看你熟悉的脸庞

感受你炙热的情感吧

簇簇花环是崇敬是怀念

声声呼喊是亲情是眷恋

站在你们面前

语言是那样的苍白

名利是那样的不堪

我不想再说什么了

只有一次次地抬起右臂

眼里

溢满了滚烫的泪

赞"核潜艇之父"黄旭华

天资聪慧个性明，自幼满怀报国情。

四处求学壮筋骨，国旗之下铁誓盟。

筚路蓝缕探天路，惊涛骇浪决死生。

执意骑驴寻骏马，三步并作一步行。

荒岛迎风扛苦难，龙宫劈浪为国耕。

深海试潜无所惧，隐姓埋名铸赤诚。

七朵金花竞相开，巨鲸深潜弹腾空。

男儿并非无情种，孝在海疆保太平。

注：黄旭华：我国攻击型核潜艇和战略导弹核潜艇总设计师。为研制核潜艇，黄旭华三十二岁离家，隐姓埋名三十年，为国防建设作出了突出贡献，被誉为"核潜艇之父"。

导　弹

一腔怒火压胸膛，火眼金睛高大上。

众志成城山河中，静观东西南北风。

轰隆一声平地起，直上重霄九万里。

腾云驾雾自寻的，粉身碎骨彰正义。

"东风快递"创佳绩，行动敏捷讲信誉。

多种载具任意选，距离远近都接单。

海底发货掀巨浪，空中投送遣霹雳。

另有红旗迎风展，固我华夏皆利器。

注："东风""巨浪""霹雳""红旗"：我国系列导弹代号。

贺国产航母下水

巨舰入海举国庆，国之重器又一程。

飒爽英姿颜值高，八面威风胆气豪。

昨日已行掷瓶礼，明日踏涛展雄奇。

劈波斩浪似蛟龙，银鹰展翅翱穹际。

导弹幽幽泛寒光，巨炮猎猎立船头。

新型雷达驱障雾，深潜鱼雷竞相游。

铁犁高悬破岛链，万里海疆慑敌魂。

海陆空天铸利剑，保我神州一片蓝。

注：我国第一艘国产航母于 2017 年 4 月 26 日举行了下水仪式。

贺国产大型客机首飞成功

五五艳阳天，银鹰入云端。

几代航天人，今日梦初圆。

民用铸大器，集成谱新篇。

自主破垄断，鼎立寰宇间。

雄姿惊阵雁，气势吞河山。

目标初达成，征途再登攀。

创新连好戏，硕果七彩牵。

九州强国梦，春风正扬帆。

注：五五：2017 年 5 月 5 日，国产大型客机 C919 首飞成功。

鼎立：目标是与空客、波音成鼎立之势。

西安首届国际马拉松比赛

岁岁重阳今重阳，古城处处披盛装。
两万健儿登赛场，千载岁月用脚量。

永宁门前起锣声，钟楼导航向西行。
朱雀舒翼忙相送，大小雁塔招手迎。

曲江池畔人潮拥，朝阳门外尽掌声。
含元摇旗添劲风，丹凤点将赞英雄。

盛会落幕举国庆，丝路长安喜气盈。
决胜路上再起步，豪情写满马拉松。

昨天，走了走群众路

路过宝鸡
特意走了走群众路
那里有永生难忘的记忆
部队换防走远了
想去看看梦中的营地

243 号门口
哨兵依旧站得笔挺

能望见大礼堂
礼堂后葱郁的后山
以及那上山的小路

多想到大院里走走
看看那高大的银杏树
花园里的假山
喷泉的水雾
南侧的门诊部
密不透风的办公楼
那曾是二康医院
一栋"回"字形的俄式建筑

哨兵还是英俊的哨兵
想进去却难以开口
毕竟今天和昨天不一样
昨天是战友
打个电话会有人相迎
今天只是客人
是曾经当过兵的老百姓

群众路向北
路过炮兵指挥连
走过司令部的小卖部
招待所门口依然彩旗飞扬
却不见昔日执勤的哨兵

走了走群众路

从上尉到少校的路程

虽说分别了廿七个春秋

往事历历在目

那里是我的青春

有我住过的筒子楼

如今

劲旅已远走

物是人非

只有深深的记忆萦绕在心头

注：243 号：集团军营房门牌号。

江城子·八一感怀

（一）

遥想当年十八岁。

离校园，

起血誓。

慨然应征，

魂系橄榄绿。

侦察计算探奥秘，

苦磨砺，

勇奋进。

七九南疆硝烟起。

风萧萧，

战事急。

欣然受命，

扬威论指挥。

演习比武铸铁骨，

奋争先，

夺第一。

（二）

运筹帷幄善谋参。

司令部，

事作训。

人武战线，

军地一盘棋。

"战场"转换在街道，

科技局，

创新绩。

年龄临界退二线。

老科协，

献余力。

军姿不改，

浩然扬正气。

共建和谐拙笔举，

诗书伴，

自陶醉。

注：起血誓：写血书以表保家卫国之决心。

事作训：从事作战训练工作。

永 远 的 梦

队列前
抬起右手
报告词
在心中酝酿了好久

带着部队
正在接受检阅
着装整齐
口号声声
大地在颤动

野营
长蛇一样的车队
从山的这头
到山的那头

试射
齐射
急促射
火光冲天
步兵发起冲锋

一道命令
从集团军发出
传至基层
在机关
还是去带兵？

又在梦中

依然着戎装，任职十年长。
首长今犹在，疑似在二康。
带队去操练，口号震天响。
甚或演习中，戴着红袖章。

军龄虽临界，初心未曾忘。
自信有伯乐，真金自有光。
指挥皆自若，八枚军功章。
意远志高强，晋升总有望。

不曾回地方，痴情在远疆。
曾经心头事，梦里常徜徉。
人生何所愿，纠结名利场。
明明已退休，回回梦中枪。

第三集

览胜畅怀

登 庐 山

回崖叠岭皆美景，飞瀑千丈雾蒙蒙。
无限风光在险峰，上下高低总不同。
秦皇汉武临绝顶，李杜陶苏撰佳楹。
古往贤达钟此地，多少豪杰风流梦。

华 清 池

（一）

宫殿鳞次廊通幽，苍柏翠竹荫华宫。
晚霞余晖照晚亭，九龙水波注溪流。
梨园笙起歌悠悠，几多温汤雾蒙蒙。
芙蓉帐前长生殿，云栈萤飞夜无眠。

（二）

骊山有情吐琼浆，莲花池里暖鸳鸯。
贵妃醉酒百媚生，不尽春宵海棠红。
怎奈安史生兵变，六军弃戈怨玉环。
魂落马嵬香自销，纵是君王亦蓬蒿。

（三）

抗日烽火逼中原，同室操戈自相残。
义士愤然举刀枪，五间厅里捉老蒋。

夜半惊断温柔梦，束手就擒一洞中。
张杨功绩留青史，中华结心驱倭寇。

骊　山

九龙峰顶连天尺，东西绣岭若骏腾。
清泉滴琼入石瓮，苍柏迎风似盘龙。
秀才三叩衷情诉，诚心拜得状元名。
褒姒恃宠迷烟树，覆国岂能怨诸侯。

骊山巍巍矗关中，峰台高耸览千畴。
自古帝王钟此地，几多美誉与骂名。
西邻灞柳唱朔风，嬴政居东唤马兵。
登台纵览满目秀，遥看渭水天际流。

参观秦兵马俑博物馆

军阵威严面朝东，虎视眈眈展雄风。
秦王举剑一声吼，横扫六合归一统。
焚书坑儒六艺断，千秋功业度量衡。
宏图伟业十五载，江山岂能无扶苏？

两千年前工艺精，兵俑容貌各不同。
更有铜车高大上，精美绝伦天地惊。
墓冢巍巍百尺雄，千古谜团埋其中。

老农志发识陶片，八大奇迹中外崇。

注：志发：杨志发，临潼区农民。1974 年 3 月，杨志发等四人在掘井时发现大量陶片，后经专家考证，此处即秦兵马俑殉葬坑。

过　石　林

平地起嵯峨，莽莽立峰多。
峭壁伸天外，兀石掩涵壑。
百仞生莓苔，千嶂出棱角。
摩崖如斧凿，鞭石似剑削。

邃谷贮雷霆，虚洞藏幽钥。
径转疑无路，清泉石上落。
崆峒不知时，溪云浮灵鹤。
未见半点尘，暗河脚下过。

卧踞高岗上，容颜亦斑驳。
倒退三亿年，乃是海一角。
鱼龙身边绕，水鸟头上落。
宇宙多少事，谁能评与说。

咏　延　安

巍巍宝塔接云天，俯瞰肤施入眼帘。
滔滔延水绕岭转，奔流千里润沃田。

清凉山上万佛洞，殿宇恢宏有真经。
仙凤闻得笙箫鸣，倾情凡间伴叶生。

红军北上到延安，中央居此十三年。
杨家岭上旗艳艳，枣园窑洞光点点。
抗大走出生力军，凤凰山下著两论。
运筹帷幄御倭寇，三战三捷奠基隆。

昨日驱车达圣地，巨龙飞架越千里。
摩天大厦栋连栋，石油采塔井挨井。
林木葱郁绿意浓，山城处处闪霓虹。
广场秧歌扭得欢，盛世琼花尽开颜。

注：两论：即《矛盾论》《实践论》。

壶口观瀑

悬波倒泻起狂澜，跃入深壑生层烟。
飞花朵朵奔波急，雷声隆隆浪滔天。
彩练凌空映日红，粼光闪烁照大川。
无云烈日雨蒙蒙，玉珠飞溅爽扑面。

黄龙远从高岗来，壶口喷雾显奇观。
搅起梨花千堆雪，一路奔腾万山间。
中华儿女多奇志，激情万丈立宏愿。
母亲河边歌一曲，乘风破浪勇向前。

六登长城关隘

三临嘉峪关，满目戈壁滩。

无风心自惊，山暗春日短。

鸟鸣哀无路，马嘶未卸鞍。

秦家自相煎，沛公入函关。

二到山海关，内外两重天。

城外岭莽莽，城内舞翩跹。

箭楼隔广漠，将良中原安。

国恩赤心报，杨家勇当先。

首走八达岭，乘缆观变迁。

游人兴冲冲，谁晓孟氏冤。

红叶染古戍，飞雁叹壮观。

延绵四万里，巍巍撼九天。

登　华　山

太华巍巍踞关中，南接秦岭势如龙。

耸立万丈入云霄，俯瞰黄渭五岳雄。

天台高悬依琼宫，神仙乘辇鹤伴行。

古来君王崇其伟，华夏之宗此得名。

苍龙横卧接天堑，千尺幢道一线天。

绝壁凿出百尺峡，擦耳崖头贴壁站。

鹞子翻身悬倒坎，老君犁沟未歇鞭。

回心石下再铭志，攀上金锁走三关。

沉香挥斧劈华山，莲花台上战杨戬。

迎天池边观清浅，仙掌直立九重天。

苍柏依岩盘似虬，瀑溅白石飞如烟。

童子欲采灵芝草，道翁遥指在远山。

夜宿东山观日出，身披戎衣御风寒。

围坐云台数坎坷，侧过身来忆旧年。

雄鸡报晓东方曙，一轮红日浮云出。

重走当年剿匪道，想起英雄刘老兄。

注：刘老兄：刘吉尧，电影《智取华山》中侦察参谋一角的原型。

钟 鼓 楼

长安城内钟鼓楼，绾毂南北与西东。

金顶回廊紫气盛，流彩崇光彰明风。

檐角高翘显威势，薄雾袅袅映霓虹。

景云晨曲传天外，暮鼓回声总相融。

祥佑黎庶六百载，阅尽沧桑送流年。

改革喜迎八方客，开放邀来四海朋。

东风吹开盛世景，步入小康号声隆。

来日实现中国梦，吼声秦腔庆昌荣。

登大雁塔

凌空雁塔入云霄，沧桑千年仍未老。
回梯履阶登塔顶，俯瞰曲江水盈盈。
慈恩钟声飘天外，鸿雁临空当自鸣。
玄奘译经垂千古，君王骚客歌德功。

遥看秦岭卧中原，芙蓉春色醉长安。
春晓园里人如织，喷泉吐银珠满池。
秦风唐韵轶事稠，谈笑之中数遗风。
古城威势意犹存，宏图铺开新愿景。

游武夷山

武夷明珠天游山，凡人登上半个仙。
满目葱茏连天碧，幔亭叠翠染大川。
剑峰陡峭岩崖断，悬流万壑倒影寒。
天柱举手擎日月，大王屹立乾坤撼。

采些仙露舌尖舔，滋肌润骨胜灵丹。
自撷灵芽大红袍，馥郁醇香醉似仙。
竹排载吾观清浅，盘绕九曲十八弯。
玉女峰下许个愿，来生居此悠悠然。

登 武 当 山

万丈仙峰入云霄，飞阁悬壁空中绕。

太和绝顶千山雄，玉虚好似秦阿宫。

松柏翠竹围阙宇，石栈曲道各通幽。

四面峰峦收眼底，林木红叶点翠屏。

明祖承恩建金殿，神兽吐烟显奇能。

悟道修行苦铭志，木鱼声处有仙翁。

崎岖步道接玲珑，吾随将军金顶行。

身在此山可避俗，功名利禄杳无踪。

九 寨 归 来

自知瑶池在仙间，九寨归来似曾见。

百潭圣水迷人眼，五彩灵湖映碧天。

层林倒映浮双影，鱼游云中鸟语欢。

明丽见底虚亦实，湛蓝澄澈真亦幻。

奔来仙水成叠瀑，银龙竞跃起薄烟。

云雾借道林间过，若隐若现不见山。

万米高空鹰展翅，咫尺葱茏绿浪翻。

经幡猎猎篝火旺，羌笛悠悠歌声远。

人间仙境藏深闺，往来各需一整天。

山门挡严思慕路，探仙出足买路钱。

幸得沟深无佛敬，适逢客众有诗谈。

自然美景天造就，尔等守护莫偷闲。

登 太 白 山

南北分水岭，秦岭第一峰。

俯瞰众山小，十里苍蒙蒙。

六月覆白雪，松坞缀画屏。

悬崖倚瀑布，白云脚下浮。

仰望不可及，驱车观神奇。

攀上拜仙台，栖身在岩穴。

峰高氧气薄，缆车晃如箩。

冷风透骨髓，租衣方救急。

观景游人众，车多路不平。

上下四十里，坡陡弯又急。

姜总真性情，一路驾车行。

刹车突失灵，镇定化险情。

注："刹车"句：坡陡路长，下山途中刹车时好时坏，惊出一身冷汗。幸而处置得当，化险为夷，此生难忘也。

登 峨 眉 山

仲夏峨眉行，乐山观灵岫。

攀上玄武岩，丹光染霓虹。

赤胆昭皓月，灵心感繁星。

无雨湿人衣，客众缓缓行。

佛山风景妙，雄奇险幽秀。

白云浮林间，烟霞伴青雾。

三峰并排列，八寺遥相映。

花秆颤悠悠，溪水潺潺流。

大道通九天，清气达蓉都。

盘腿思道法，端坐听诵经。

合掌祈盛世，迈步走西东。

蜀中多仙山，闭目自有静。

走进武侯祠

胸藏宏志卧山林，待等圣主三顾寻。

隆中对出天下事，羽扇轻摇震乾坤。

木牛流马慑敌胆，八卦兵阵乱敌魂。

六出祁山图中原，七擒孟获平蛮乱。

托孤拨乱扶危主，鞠躬尽瘁老臣愿。

前后出师鬼神泣，诫子论理留名篇。

运移汉祚虽未复，先生功德重如山。

是非成败转头去，忠贞轶事千古传。

注：出师：即《出师表》。

诫子：即《诫子书》。

沁园春·平遥古城

大河之东，三晋之中，陌野苍茫。

看古城一座，十里方正，两千年纵，中外驰名。

商号林立，镖局威武，曲道围廊皆峥嵘。

入此地，沐晋商文化，谁不赏崇？

更有凤鸟栖台，引四方神灵来庇佑。

历经数千载，人才辈出，引领风骚，各有千秋。

墨客文人，为之倾倒，大笔如椽恣意雕。

俱往矣，添中华瑰宝，时在今朝！

过 张 家 界

驶入武陵源，眼前一仙山。

奇峰拔地起，胜境浮云间。

山色显空蒙，翠岭泛紫烟。

瑶台立黄石，天宫竖金鞭。

怪石刺苍穹，朔风摇劲松。

涧边溪潺潺，潭岸草青青。

天梯穿山行，栈道跨长空。

佳境绝人寰，飞瀑传雷声。

共界上天门，凡仙两重分。

护国赞文常，将军转乾坤。

月拥千阙明，日出万道金。

何处是蓬莱，领首影清心。

崖壁挂古藤，曲径一线通。

千峰千造型，一步一美景。

人在画中游，浑然不觉中。

古时南蛮地，今朝皆憧憬。

注：文常：贺龙元帅原名贺文常。

游阿里山

游车盘绕上云峰，四季景色入眼中。

石径纵横连四野，古木参天道通幽。

日出青峰万里霞，浮云掠过白似纱。

晶透雨露翠欲滴，林海深处吐繁花。

两情相拥夫妻树，殉情姊妹双潭影。

族人头领阿巴里，远续传宗三代木。

邹家少女姿曼妙，游客上前争合照。

入寨一杯高山茗，清香阵阵似仙翁。

日寇蹂躏五十秋，疯狂盗伐铁证留。
千年巨桧半截身，罄竹难书当年恨。
宝岛风景美如画，骨肉相连本一家。
"一国两制"复兴梦，神州万里共华夏。

注：阿巴里：相传邹族酋长阿巴里曾来此山狩猎，满载而归。后常带族人
来此狩猎。为感念他，后人把此山叫阿里山。

赏 日 月 潭

玉山泉水潺潺流，点点滴滴汇灵湖。
南如弯月绕青峰，北似圆日抱绿珠。
一汪碧水似翡翠，四面环山满翠微。
大地花艳香百蕊，高天蔚蓝浮云白。

山水交映旖旎景，寺塔古刹仙气萦。
水波粼粼映霞光，游船猎猎展旗风。
慈恩六合两相望，灵潭西湖姊妹情。
崇文庙中拜孔圣，尚武寺里祭关公。

原住族群钟杵舞，命如潮汐一浮萍。
赏潭名流知多少，留下亭阁任说评。
宝岛美景看不够，政治隔障何日平？
待等来年梦圆日，华夏一统共繁荣。

过白杨沟

首府西南百余里，林木葱郁花满池。
牛羊点点珍珠撒，毡包座座缀翠屏。
悬崖百尺瀑布生，流花飞溅烟雾浓。
溪水涓涓沐沃土，一股清新上心头。

演习间隙访民情，山河万里观昌荣。
天山脚下人如织，姑娘追处马蹄急。
万紫千红一点绿，身着戎装入舞池。
坐进毡房品佳茗，共叙和谐兄弟情。

游丽江古城

边陲山峦下，翠色掩古城。
桥涵接陌巷，石板铺幽径。
明月高空挂，清溪地下流。
十里酒吧欢，千年岁月稠。

玉龙雪皑皑，甘海草青青。
墨潭映倒影，蓝湖水滢滢。
牧笛催骏马，古乐漾心境。
茶马古道中，纳西别样情。

游 满 洲 里

边陲明星满洲里，向往已久时可期。
乙未偕友上专列，呼伦贝尔一路西。
三国要冲扼九畿，暮色尽染缟縠地。
放下行李用快餐，一轮明月挂穹际。

华灯初放夜如昼，霓虹闪烁似浦东。
欧式建筑特色明，恍若置身异域中。
如织游人肩接踵，街边店铺生意隆。
金发碧眼美人多，欣然合照笑盈盈。

远远望见大套娃，近观却是一商家。
天南海北万国货，琳琅满目眼挑花。
巍巍国门红旗扬，手扶界碑照张相。
匆匆一日意未尽，陆路口岸极宽畅。

夜游春晓园

戌时入园赏美景，亭台楼阁闪霓虹。
地灯点点通幽径，流水潺潺伴蛙鸣。
银龙凌空洒飞晶，游人摩肩缓缓行。
玄奘可知造塔处，盛世长安出画屏。

春游渭水园

渭水园里春正浓，百花竞艳芳满城。

机帆逐浪声阵阵，湖水荡漾波粼粼。

玉女弄弦拨古筝，流水潺潺共和鸣。

英俊少年攀紫藤，身轻如燕舞长空。

岸畔柳枝随风摆，推舟划楫湖心外。

仿古客舍挂红灯，步入回廊享幽静。

昔日滩头荒芜地，今朝春色满画屏。

煦风拂面喜盈盈，古城处处是美景。

长白山观光

三江之源长白山，白头主峰接九天。

松杉百尺满葱茏，扑面朔风透胆清。

盘道崎岖绕山转，四季景观依次呈。

临近绝顶徒步行，游人如织似长龙。

绝顶台塬似天坑，野花点点不见松。

中朝国界湖中过，群峰锁潭抱绿珠。

一泓碧水平如镜，白云朵朵落池中。

远眺瀑布似银龙，飞出悬崖吐仙雾。

游茯茶小镇

泾河新区添盛景，茶马古道又一城。

小桥流水通幽处，人如游龙缓缓行。

这厢古朴满沧桑，那边新潮田园风。

古今相融一线牵，恍如穿越时空中。

漓江观景

八月丹桂香气浓，六人乘船阳朔行。

百里奇峰次第迎，水似罗带山如屏。

崖壁九骏欲奋蹄，声声长嘶势若腾。

婀娜凤尾更多情，随风摇曳展姣容。

群峰倒影水上浮，船在青山顶上行。

这边机帆喧声隆，那厢渔舟鸬鹚萌。

若隐若现现空蒙，若断若续续千重。

雄奇瑰丽传美名，吾赞漓江真蓬瀛。

游云台山

天造美景石峡生，双崖对视议峥嵘。

更有天瀑挂长空，山呼海啸万马腾。

亿年红石展风骨，雾气朦胧满翠屏。
碧潭清清浮山影，鱼儿缓缓水中行。

茱萸崎岖牵手登，叠彩洞前话钟情。
小寨十里享幽静，子房湖畔观彩虹。
竹林七贤居其中，月下对饮入蓬瀛。
地质公园多旖旎，云台仙境谁不崇？

普 陀 山

海上有仙山，缥缈云水间。
古樟掩青石，白沙衬蓝天。
慧锷东瀛去，佛心不随意。
魂归紫竹林，广撒万道金。

奇物从天降，筑起南天门。
更有磐陀石，一心拜观音。
古刹二百座，俨然似佛国。
梵音犹在耳，把酒共天伦。

又上雁荡山

雁荡山水人称奇，闻名遐迩久可期。
一龙二灵震魂魄，千车诗语赞未及。
灵峰耸立展雄姿，变幻莫测呈殊影。

晨似少女缓步来，暮如苍鹰欲凌空。

灵岩叠嶂连百岗，雄壮浑庞接飞渡。
壁立千仞似刀削，摩崖刻石铸春秋。
大小龙湫从天降，玉珠万斛白烟生。
游人举目百步外，昂首溅玉沐清风。

登栈遥看林壑静，入谷侧耳闻泉声。
湖边日出霞灿灿，山涧云海雾蒙蒙。
寰中绝胜数不尽，拙笔难描蓬莱景。
天下名山知多少，几座引得频返程？

游千岛湖

淳安生泷涛，千年任涨落。
万众挥巨臂，旱涝皆折腰。
移民三十万，离乡展情操。
灵湖由此生，青山化为岛。

览胜梅山头，千岛展翠屏。
游船客盈满，快艇犁波峰。
俯瞰湖色秀，昂首亦空蒙。
群峰湖中映，白云浮其中。

澄澈见清浅，皎镜无春冬。
长索接天堑，栈桥连梅亭。

锦鳞掀微浪，白帆摇叶舟。
山泉入万户，清风漾心境。

灵猴戏游人，海鸟歌几声。
水街品香茗，码头留倩影。
天水共一色，蓬莱无此景。
二度情更甚，何日再相逢。

西安世博园

柳色青青彩蝶飞，和风徐徐拂翠微。
椰林水波通南北，丝路花雨连古今。
湿地千亩丽色浓，仙鹤鸣啭唱鸿猷。
碧潭泛舟波涟滟，登塔觅得终南影。

广运门开四月天，长安花谷百媚艳。
汉风唐韵披锦绣，创意亭阁迷人眼。
一桥飞越两河间，国际港务扬风帆。
一带三区绘愿景，古都又添金名片。

参观郭亮村

汉时举旗为民愿，将军揭竿浑身胆。
怎奈军中出佞人，卖主求荣把心变。
悬羊擂鼓战官兵，寡不敌众退西山。

屯田练武待时日，壮志未酬终为憾。

石墙石路石矸碾，石头城里石为先。
满目沧桑有故事，影视拍摄皆自然。
心形奇树双人影，小道通幽一线天。
繁衍生息村有训，相扶一千八百年。

世外桃源可度日，与世隔绝多不便。
十三壮士立奇志，誓叫天堑连平川。
铁锤叮咚顽石碎，五载血汗感九天。
挂壁公路创奇迹，郭亮洞前万人赞！

踏青万仙山

万仙下凡赐美景，巍巍太行生奇秀。
石道崎岖千仞路，峰峦叠嶂万道岭。
幽谷奇潭飞流下，喊泉声声溅银花。
林木葱茏仙风吹，崖中公路绝壁挂。

双熊对视神态憨，唐僧拜佛在山巅。
龙潭碧绿藏清静，瑶池泻玉流光满。
远望九盘十八弯，千米石洞钢钎穿。
世外桃源人称羡，巧夺天工非一般。

游 党 家 村

泌水河畔古宅院，阅尽沧桑六百年。

青砖黛瓦民风朴，人文韩城金名片。

鳞次栉比呈佳构，斗拱廊檐紫气染。

条石铺就村中道，良木搭起四合院。

志欲光前书为上，心存裕后勤与俭。

贞节忠义留古训，二十四代承未断。

先贤立业党恕轩，后辈伯通勇当先。

华夏瑰宝传遐迩，农商并重灯一盏。

注："志欲"句："志欲光前""心存裕后"是党家村一副对联中的内容，寓意深远。

长 岛 行

（一）

蓬莱觅仙境，人车同船行。

渔家为房客，蝉曲入梦中。

（二）

游轮入海远，秦皇可曾探。

群鸥竞逐飞，举手触羽翼。

（三）

悬崖九丈雄，挥臂扼要冲。

海田展画屏，皎月印滩涂。

（四）

云间蜃楼近，海角沧波远。

灵秀自有吟，无酒醉八仙。

拜 孔 庙

自幼崇其圣，暮来拜其宗。

生前倡大道，身后千古名。

五常荡涤尘，仁义礼智信。

家国有文章，忠孝贯古今。

先师存威仪，祛浮化荆榛。

绵绵遗规在，浩浩泽乾坤。

择其善者从，敏而不耻问。

富贵不足道，于我如浮云。

门徒三千众，首儒数颜回。

一箪一瓢饮，淡泊情更真。

安得曲阜人，孔府八十尊。

至圣无疆域，帝皇为何君？

注：八十尊：孔子后人已传至第八十代。

登崆峒山

雄踞西北瞰五岳，坐卧东南望六盘。

扼守古都一服远，檐薨倚剑接长安。

九宫八台十二院，仙师问道钟大观。

秦皇汉武步其后，轩辕黄帝当为先。

山峰壁立林壑深，祈福鸣钟磬声远。

俯瞰四野翠满谷，泾胭环绕白云间。

更喜灵寺西檐处，晚霞托日七彩天。

走来山叟笑不语，静听松风昼眠酣。

胸吞云梦岂知岸，心在雾端不觉山。

阻断尘寰望星斗，莽荡山河紫气染。

自信人生逾百年，宇宙于我亦等闲。

横刀立马向天笑，再赞嗣同一身胆。

注：服：古时指距离，一服为 500 里。即崆峒山到长安的距离。

泾胭：即环抱崆峒山的泾河与胭脂河。

游陈炉古镇

黄塬厚土积仙气，峰恋万泉激龙腾。

洞炉交错牵石道，形似簸箕四堡中。

罐盆垒墙别样景，瓷片铺地写昌荣。

四面回廊径通幽，八方游人留倩影。

遥想当年陶炉旺，十里山岗灯火明。
万千陶工展技艺，瓷光绚烂荡彩莹。
青釉争春添神韵，白瓷吞玉映丹青。
花草虫鱼展姣容，民俗逸事入画屏。

倒流奇壶屡折桂，神秘妖娆有磬声。
剔刻镂绘手工造，巧夺天工古朴容。
人称古瓷活化石，北窑独秀享蜚声。
四枚金牌铸身骨，傲立群芳天地惊。

美名盛誉播四海，斑斓绝妙坐帝庭。
峥嵘一千四百载，览尽沧桑仍从容。
踏上古镇乡间道，几多感慨油然生。
华夏瑰宝今犹在，振兴国粹正东风。

注：四堡中：陈炉古镇地处南堡、北堡、崔家堡、永受堡之中。四堡撑天，成掎角之势，遥相呼应。

鹧鸪天·游白鹿原

（一）

一部巨著秦人立，满目苍茫白鹿原。
神兽踏过万木荣，巨鲸逸出滋水甜。
万木荣，滋水甜。纵横两千七百年。
秦岭巍巍垂罗帐，渭河滔滔东流湍。

（二）

祠堂碑刻传祖制，乡约族规固三观。

嘉轩一生彰正义，子霖半世恶德满。

彰正义，恶德满。参透人性忠与奸。

祠堂戏台今犹在，世间忠奸轮流演。

（三）

鱼鳞沟壑布额头，巨笔如椽浑身胆。

自信平生无愧事，敢言身后对青天。

无愧事，对青天。七尺男儿关中汉。

七十四载逐鹿去，忠实二字大于天！

注：陈忠实先生语："自信生平无愧事，死后方敢对青天。"

又见昆明池

武帝图强研滇域，破障勇开昆明池。

辽阔浩瀚似银河，相望周回四十里。

殿阁亭台池中映，碧水清透漾涟漪。

牛郎织女鹊桥会，多少缠绵云雨知。

大船猎猎杀声起，八千水兵舞战旗。

平定南疆建奇功，鱼儿献珠谢皇恩。

京师之钱累巨万，太仓之粟陈相因。

但见池里撒大网，西咸鱼贱市门低。

硝烟起兮百业废，浚断千载无舟楫。

沣水不识上林苑，灵沼难辨甘泉籍。

昔日繁盛渐埋没，举目苍凉波声寂。

有识之士今安在，振兴之路可有期？

三秦儿女开新业，引汉济渭创奇迹。

人杰地灵百业兴，梦中胜景终落地。

汉堤锁烟诗经里，石鲸吹浪戏游鱼。

影浸南山印青翠，波沉西岭添画魂。

自香阁里香飘飘，荷花岛上歌悠悠。

卷云台前观云舒，积云殿中品珍馐。

旧时王侯堂前燕，今入寻常百姓庭。

古来神州第一池，再展巍巍汉时功。

注：牛郎织女：传说中，昆明池为牛郎织女鹊桥相会的发生地。

上林苑、甘泉宫：汉时昆明池边的皇家园林、御宫。

第一池：昆明池于公元前 119 年开始修筑，起初只是为了训练水军。据记载，昆明池水域面积曾达 16.6 平方公里，约为三个西湖大小，是我国历史上第一个人工开凿的蓄水工程。

随民生银行自驾游

暮秋渐去寒意浓，薄雾朦胧锁苍穹。

陌径残菊花已谢，池边莲叶正凋零。

又遇朔风昨夜至，玉沙扑面似针刺。

自驾前去滋水畔，寻觅忠实白鹿影。

拾级而上道如盘，雨雪交加举步艰。
试问路人行何处，路人遥指滋水城。
飞檐凌空回廊多，客栈商铺人如蜂。
祠堂戏台相对坐，犹似当年繁华景。

黑娃演义搭戏台，换上戏装入影中。
世间恩仇千载过，几多枯萎几多荣。
走马观花意未尽，念那神鹿与巨鲸。
白鹿子孙多少人，仍在原籍谋计生？

雪落长安

一夜飞花落长安，古城积素换琼颜。
秦陵凝华连曙辉，唐苑茫茫起薄烟。
灞岸待腊将舒柳，曲池盖絮犹展帆。
雁塔披银显禅意，钟楼镶玉更威然。

终南茫茫明霁色，太白皑皑增暮寒。
雪后帝都久未见，满眼银花恍若仙。
孩童撒欢打雪仗，手捧玉沙不知返。
且闻枝头梅清香，白羽翩翩兆丰年。

城墙观灯

古都开芳宴，繁光缀满天。

近城疑星落，依楼似月悬。

正恋火树妍，又见清辉阑。

鲛龙犹带水，雄狮吼声寒。

烛花映粉面，五彩迷人眼。

幡动遍洒金，带摇琉璃满。

凤箫奏凯歌，乐声天外传。

金鸡歌荣光，玉犬报康安。

璀璨灯火明，华彩乐章喧。

廿四节气妙，十二生肖欢。

烛街珠翠游，戊戌展新颜。

中华盛世景，窥豹乃一斑。

游兴庆宫即兴

仲春步入兴庆宫，牡丹争艳映日红。

飞檐碧瓦唐韵在，小桥流水满葱茏。

沉香亭下歌漫舞，隆庆池中棹舟行。

游人如织逐春来，赏花踏青享昌荣。

倚栏观景忆旧年，花萼楼前君臣欢。

诗仙斗酒谢圣意，故作玄机戏高官。

力士脱靴非自愿，国舅研墨岂自然。

欢声笑语今犹在，几人记得杨玉环？

走近布达拉

银鹰展翅飞拉萨，久仰神殿布达拉。
琼楼玉宇矗山巅，金碧辉煌耸云端。
白宫红殿自相拥，高原宫阙气宇轩。
锦绣云霞千层染，碧水印映浮眼前。

胸怀崇敬拾级攀，曲道回廊游客满。
酥油滴滴闪红光，清香袅袅升紫烟。
信众合掌会佛意，香客献金表心愿。
更有灵塔住佛骨，苍生九叩拜松赞。

水调歌头·去黄柏塬

古都热浪卷，
避暑秦岭涧。
自驾六百余里，
前往黄柏塬。
一路欢声笑语，
满眼秀丽河山，
穿行云雾间。
过了太白县，
思绪又从前。

唐口镇，

旌旗奋，

军情燃。

三十九年过去，

历历浮眼前。

当年扬鞭跃马，

今朝两鬓霜染，

无悔是流年。

且看塬深处，

清爽别样天！

注：黄柏塬：秦岭腹地自然风景区，景区内层峦叠嶂，林木葱茂，山清水秀，素有"天然空调"之称。

唐口镇，旌旗奋，军情燃：1979年，笔者为某部排长，部队曾驻训太白县唐口镇拐里村。二十世纪八十年代初，又多次参与和组织部队在唐口镇一带野营训练和实弹演习。

游览西藏印象

雪域高原风光好，山大人稀田地少。

蓝天盈盈托白云，湖水碧绿涤凡心。

气候一天呈四季，往来游人更衣急。

叹羡空气超清新，间或缺氧头发闷。

乘车行走在川道，围着山塬可劲绕。

养猪少造栏和圈，公路牦牛随意窜。

藏居远眺像寺庙，十有八九四不靠。

近观画栋又雕梁，门楼之上彩旗扬。

街头饭店密又多，首推特色是"石锅"。
城内物价贵三成，石头买卖论克称。
经幡猎猎上山岗，"扎西德勒"祈上苍。
游人都夸治安好，塔吊林立绘新貌。

藏传神医比华佗，传承千年有科学。
虫草雪莲藏红花，世界屋脊产仙葩。
布宫宏大又雄奇，千年历史任评说。
最美要看八廓街，沧桑千年传真谛。

林芝人称小江南，物丰景美让人羡。
政治中心八一镇，难忘当年十八军。
藏北首府日喀则，民风淳朴更谐和。
江孜青稞产量丰，通商口岸在亚东。

高原湖泊景色美，游人拍照扎成堆。
牦牛羊头抢镜头，藏獒变得很温柔。
南迦巴瓦处女地，古今健儿仍未及。
珠穆朗玛远又高，寻常游人实难到。

二王梁兄和吴于，辗转十日成知己。
走马观花识毛皮，导游口中知点滴。
此番游览受益多，大千世界觅踪迹。
来日再续青藏缘，交流探讨再学习。

游越南印象

一号公路入异境，六尺窄道如蟠虬。

游人戏称按摩路，当年支越战美鹰。

前往都城少高速，豪车再牛且慢行。

只因随处有缺口，摩托穿行在其中。

沿途坡地多墓冢，坟多碑小不见松。

汉语交流没问题，商家钟爱人民币。

河内建筑少高楼，十字街边摩如蜂。

绿灯点起轰鸣声，好似赛场打冲锋。

前去瞻仰胡志明，广场一侧有军警。

神态木然面消瘦，恍若昨日梦未醒。

亚龙湾里皆美景，游客如蚁乘游艇。

浩瀚大海太奇妙，山浮水上双重影。

注：摩：指摩托车。

伦 敦 一 日

大本钟下熙熙攘攘，摩天轮上青春飞扬。

神奇塔桥时开时合，唐宁十号警察荷枪。

温莎城堡华丽换岗，剧院掌声偶感迷茫。

唐人街上中餐金贱，泰晤士河天鹅风光。

居民住宅少有铁网，车遇行人总会相让。

道路虽宽弯道极多，私有土地沟通不畅。

青年男女不惧烈日，袒腹露臂四处游荡。

社情民意走马观花，老牌帝都稍显沧桑。

走 近 牛 津

全球崇其名，一座自然城。

未见城门立，宛若公园中。

建筑写厚重，处处是风景。

学院近四十，各自成一统。

教学似联邦，校院不相重。

学校定调子，学院自经营。

入校筛选严，毕业情更浓。

培植创造力，科研论输赢。

讲座天天有，长幼均可就。

场馆多开放，出入亦自由。

首相近三十，诺奖六十六。

名片金镶就，学子梦中楼。

注：学院近四十：牛津大学 1167 年建校，现内设学院 38 个。

"首相"句：截至 2017 年，学子中先后有 66 人获诺贝尔奖，26 人成为英国首相。

伯尔尼观感

莱茵河畔观熊城，三面环水似舟行。

红瓦白墙辉相映，彩柱喷泉闪霓虹。

廊道相连呈古色，拱门相接摩登景。

塔楼高耸入云端，青石铺就遍地情。

注：熊城："伯尔尼"的意思是熊出没的地方，故称熊城。该城崇尚熊文化，建有熊苑供游人参观。

乘览阿尔卑斯山

欧洲第一雄，

巍峨跨六境。

勃朗入云端，

艳美少女峰。

铁龙盘似虬，

钢缆锁长空。

四季眼前过，

侧耳听风鸣。

千山苍莽莽，

碧湖水盈盈。

会当凌绝顶，

坐看暮云平。

注：第一雄：阿尔卑斯山脉横亘瑞士、德国、法国、奥地利、意大利、斯
洛文尼亚六国，主峰勃朗峰4810米，为西欧第一高峰。

游 日 内 瓦

洛桑西南行，灵秀又一城。
名市域不阔，乃是万国营。
三面临异域，国界隐湖中。
人口二十万，近半国籍重。

城在林中建，翠岭入画屏。
柔臂抱绿珠，湖水清如镜。
绿植围栅栏，白屋露红顶。
扁舟扬白帆，天鹅弄清影。

喷泉入云霄，百花拥大钟。
商厦彰繁华，群墅多安静。
居民喜气盈，断椅警钟鸣。
节日少商贾，衙署吏无踪。

寰球草木动，注目万国宫。
建材四面采，瑰宝八方赠。
人类祈和谐，共商求双赢。
公约行世界，首推是和平。

走 过 红 场

清晨

迎着升腾的旭日

我走进红场

眼前的一切熟悉又陌生

浮想如幻

是眼前的现实

还是久远的红色记忆？

赭红色的围墙

厚重中透着威严

斑驳的墙壁上

满眼鲜血凝成的色彩

脚下

褐灰色的条石粗糙而坚硬

深深地嵌进土里

凹凸不平

承载着历史的厚重

无名烈士墓旁

两名士兵持枪而立

火苗一闪一闪

好像千千万万捐躯将士的心在跳动

望着周围高大的建筑

雄伟的克里姆林宫

庄严的列宁墓

威武的朱可夫铜像

巨大的古炮

我仿佛走进了历史长廊

感受那

红旗猎猎

挥舞的手臂

汹涌的人潮

听到了

坦克战机的轰鸣

《喀秋莎》的激越

《红梅花儿开》的轻柔

……

啊,红场

印证着一个民族的荣光

书写着一个国家几代人的记忆

展示着一个国家的沧桑与崛起

游圣彼得堡

孟秋腾云下圣城,绿意浓浓爽风轻。

海湾浩瀚渺无际,极地风光各纷呈。

涅瓦河畔旖旎景,清流缓缓绕桥城。

满眼浮雕写厚重，巍巍廊柱展雄风。

夏宫不惧艳阳至，石塘锁雾浮楼影。

隆姆喷雪刺苍穹，婀娜摇曳洒飞晶。

一柱高耸入云天，四面回廊闪金星。

冬宫一览思无尽，谁晓二世未了情？

彼得举剑拓疆土，铁骑踩得出海口。

数十万众筑要塞，连环相望似盘龙。

列宁举旗废帝制，阿芙乐尔万炮鸣。

军民舍生破围困，巴巴罗萨终成空。

注：一柱：亚历山大纪念柱。

二世：叶卡捷琳娜，俄国唯一的一位女皇帝。

巴巴罗萨：第二次世界大战中纳粹德国侵苏作战代号。其中 1941 年 9 月 9 日至 1943 年 1 月 18 日圣彼得堡遭围困，牺牲军民约 150 万人。

第四集

人生遣怀

母　爱

十月保胎艰，梦想怀腹间。
一朝分娩喜，百苦无踪迹。
牵手学迈步，画荻增知识。
蔽遮风和雨，虑忧寒与饥。

盼儿眼前栖，愿儿展翅飞。
他日走东西，倚门泪沾衣。
夜夜思归期，句句传慰藉。
相见怜清瘦，抚面问甘辛。

终生为儿女，哪曾顾自己。
皱纹漫额头，华发日渐稀。
爱儿非为报，儿劳常叹息。
心力不知疲，死生总相依。

老母身安然，游子不觉凄。
花甲常娇嗔，幸有高堂庇。
人间爱多少，此爱无疆域。
母爱报无几，生命何更义？

我 的 母 亲

"七七事变"之年

辛亥月癸卯日

您来到这个世界

您的命运

如同多难的祖国

三岁丧父

日子清苦至极

聪颖好学的您

高小毕业

保送至尧山中学

那是一所多好的学校呀

因家贫

和那婚约的羁绊

您只有强忍泪水放弃

您积极上进

二十三岁加入组织

当生产队长

任大队妇女主任

三十余载

带领群众战天斗地

为国家做贡献

为乡亲们解困救急

您传统朴实
面对淳厚本分的父亲
心有不甘却未曾嫌弃
赡养公婆
教育子女
挣工分
做针线
红白喜事
民俗礼仪
样样拿得起

如今
您年事已高
但精神矍铄、思维清晰
套用今天的"潮语"
您一生做事干练
是不让须眉的女强人

这就是您——
我的母亲
真实的母亲
平凡的母亲
伟大的母亲

父 爱

儿时起
父辈就告诉你
要勇敢
不惧困难
顶天立地

长大了
成家了
你也成了父亲
如山的责任落在了肩头
扛，是你早有的准备
从此
事业的挫折
生活的艰辛
无时无刻不在考验着你
考验着你的坚韧
你的能量
你的为人

电闪雷鸣的日子里
青松一样的你
任凭风吹雨打
仍傲然挺立

搏击商海

遭遇礁石

你勇立潮头决不言退

家的温馨甜蜜

国的繁荣昌盛

永远都是你的梦

你追寻的目标

你攀登的动力

眉宇间

写满了严厉

胸腔里

一半炽烈如火

一半柔情似水

未曾表达爱的承诺

却默默擎起一片蓝天

你用笃定和睿智

牢牢把控着人生的道路

儿女在你的呵护下快乐地成长

你用行动书写着

铁骨柔情

静水流深

大爱无言

砥砺奋进

我 的 父 亲

自打记事起

父亲就没有多少表情

日出而作

日落而息

忙于农耕

很少问起我的学习

即使我考了一百分

也就微微一笑

算是表扬奖励

生产队里

父亲是队长爱使唤的人

叫干啥就干啥

从不挑肥拣瘦

也轮不上讲技术的活

开弹花车

翻地打犁

基本没有他的份

他像一头黄牛

埋头苦干

挥洒一身力气

父亲平日里寡言少语

甚至稍显木讷

可讲起古代经典

就像竹筒倒豆子

《三国》《列国》

一套一套

秦腔古戏

一本一本

讲得惟妙惟肖

迷倒听众一片

奶奶早逝

父亲没读多少书

可他很有悟性

记忆力超人

又爱唱古戏

村里搭起戏班子

《沙家浜》里陈书记

《黎明河边》中打更人

都是他演过的角色

从未听说他和别人起过争执

更别说打架骂人

什么事都能忍耐

即使是自己的身体受到伤害

记得那年耱地

牛受惊吓

拽着铧狂奔

铧尖划伤了他的大腿

血肉模糊

在乡卫生院清创缝合

他咬紧牙关

硬是不用麻药

说麻药不利于愈合

医生感叹

没见过如此坚强的人

父亲的脸上永远写着满足

不嗜烟酒

吃饭穿衣也不讲究

逢人就夸社会好

心态乐观

身体自然硬朗

八十有五的高龄

精神矍铄

只是耳朵稍有点背

父亲

山一样的父亲

您的一生

就像您的农民身份一样

诚实厚道

吃苦耐劳

朴实无华

乐观自然

谁说您没有本事、碌碌无为

在儿子的眼里

您就是传统

您就是典范

是为人的最高境界

您的安然自信

彰显了您的人生哲学

那就是

不图虚名

实实在在

平平淡淡

从从容容

爹娘是我心中佛

人生在世路漫漫，贫富贵贱总相牵。
心存善念先做人，一撇一捺道通天。
自古百善孝为先，养育之恩重如山。
若无诚心敬高堂，求佛问仙亦枉然。

爹娘是我心中佛，朝霭春晖报未多。
二老健在不孝敬，百年金椁算什么。
花甲之年叫爹娘，幸福满满泪如梭。
春夏秋冬飞逝过，余生不报待几何？

查 烟 火

三夏龙口夺食，麦垛堆满麦场。

边碾边打入仓，严防烟火进场。

我等年龄虽小，也能帮上小忙。

手持红缨梭镖，立在场边站岗。

发现生人靠近，立刻上前盘问。

搜搜他的口袋，问问来龙去脉。

一旦发现烟火，必须坚持原则。

烟火悉数没收，罚他背诵语录。

态度异常坚决，一个也不放过。

现在想想挺逗，打小就是个兵。

注：三夏：农业生产中的夏收、夏种、夏管。

少 小 时 光

（一）

生在农村

弟兄几人

没有幼儿园

大的带小的

起床闻鸡啼

满眼庄稼地

五分钱买本小人书

传着看破了书皮

认字只是炫耀的资本

会哼几句秦腔戏

在人前被多夸几句

玩伴一大群

玩具自个寻

土块是弹药

树枝当枪盾

草地里逮蝈蝈

树杈上捉知了

和上一堆黏泥巴

捏成碗样形状

摔向青石板

泥巴炸得稀巴烂

（二）

七岁上学

老师、教室各两个

教室轮流用

只学语文和算术

夏天

打着赤背赤脚

浮土里踏来踩去

去排碱渠的水里游泳

干了一身白渍

在涝池的泥水里蹚玩
干了满腿泥

冬天
穿上妈妈做的棉窝窝
戴上兔毛缠成的耳套
天特别冷
手脚常常被冻破

放学了去打猪草
有时牵上羊
羊在城壕边吃草
自己在一边玩
踩蚂蚁
摔鞭子
爬树如履平地
轻松掏鸟窝
最常玩的是滚铁环
一群玩伴
绕着村头转圈圈

（三）
作业不多
白天只管玩
傍晚点上煤油灯
几个伙伴围一桌
边写作业边嬉闹

大人懒得说

地里去割草

苜蓿地边绕呀绕

看管的老汉没注意

薅上几把赶紧跑

嫩了蒸麦饭

老了做饲料

（四）

理想在慢慢地成长

像挂着露珠的麦苗

我常常一个人静静地趴在桌上

手托着腮帮冥想

躺在土炕上

任思绪飞场

华罗庚、居里夫人

雷锋、黄继光

风筝飞上了天

能飞多高

飞到什么地方

纸做的小船放到河里

能游到大海吗

那里会不会有个可爱的小姑娘

五年级转学去镇上

学习有进步

当上了红卫兵中队长

长得又黑又瘦

跑起来有速度

南三社少年运动会

六十米跑八秒

（五）

虚岁十五

可以参加生产劳动

锄地拔苗拽车子

一天八分工

自家院里挖地窖

养几只长毛兔

兔毛卖到收购站

存钱买文具

扯布做新衣裳

十六七岁

到了要飞翔的年纪

"文革"尚未结束

批林批孔评法批儒

赞"白卷英雄"有骨气

学"巾帼小将"反潮流

把无知当个性

把运动当课堂

两年光景

嘴皮子练得挺溜

知识没有学到

回过头来

高考的大门向我紧闭

理想像折翅的雄鹰

从高处坠落

落回原点——

祖祖辈辈劳作的土地上

注：南三社：当时的荆姚公社、原任公社、甜水井公社。

村头的皂荚树

卤阳湖畔

一个普通的小村庄——

吴家村

距西安二百余里

村头有棵古老的皂荚树

树冠又高又大

二十里外都能望见

它是村庄的天然标志

树身很粗

三四个成人才能把它围住

树身有一个大大的洞穴

儿时捉迷藏常会潜入其中

至于树龄

爷爷摇摇头

他也说不清

树干部分朽了

生命依然坚挺

伸展的枝干形似龙爪

枝繁叶茂一片葱茏

七八月份

淡黄色的花儿开在枝头

微风吹来

清香满村头

小皂芽生长得很快

像大号的扁豆角

一天天拉长

青色渐黄

黄色变紫

人们采撷下来

拿到井边去洗衣裳

只是树冠太高了

有的采撷不到

像倒挂的蝙蝠

留在树梢

不知何时起

树干下挂上了一尊大铁钟

村里开大会

社员派活上工

都要敲钟

那"哐哐哐"的钟声响亮又浑厚

……

啊，村头的皂荚树

我的记忆里

你永远是那么高大

多想再看看你呀

重温儿时的梦

在你的树荫下面乘乘凉

闻闻你那扑鼻的清香

看看队长派农活时的情景

听爷爷讲那久远的故事

花甲感怀

农家子弟当家早，十年学业荒如草。

十八入伍走军营，满腔热血写忠诚。

摸爬滚打展筋骨，运筹帷幄善思谋。

钻研学术探战法，将军身旁长才情。

崇文塔下踢正步，骊山顶上观劲松。

兵民携手凝巨力，军地同唱双拥曲。

转换战场街巷行，科技创新探奥营。

五十六岁归原点，含饴弄孙也怡然。

四时春夏与秋冬，岁月荏苒岂可留。
秋至自然春已去，日高还复月儿低。
手捋华发思大同，暮归寒舍数五荣。
嚼到尽时方入味，情到黄昏更觉浓。

清心可钓风和月，知足可得福和寿。
闲来拜识仄与平，填词弄韵乐融融。
不为抬举充风雅，只求自娱抒凡情。
花甲举杯莲花厅，桌旁何物突响铃？

注："桌旁"句：指孙儿捧上的祝寿礼物（一部华为新推出的 P20 Pro 手机）忽然响起铃声。

谁能热过大长安

七月迎来桑拿天，九州处处火焰山。
五大火炉论高低，谁能热过大长安。
地表温度过七十，五十六载创峰值。
气温预报四十一，暴晒瞬间脱层皮。

空调昼夜连轴转，两台一组互倒班。
行走只觉汤中游，坐卧犹入蒸笼间。
近处烈日光刺眼，远眺热气白似烟。
摇扇竹鸣劝蝉歇，遮阳伞下汗湿衫。

老者就近钻入洞，孩童商场蹭凉风。

走兽怵怵厌毛长，飞禽啾啾怨羽丰。

长安自古帝王都，人杰地灵多庇佑。

不日热焰归林去，自有清风拂钟楼。

注：创峰值：2017 年夏，西安气温一度高达 41 度，地表温度超过 70 度，是 56 年以来最高的温度。

"钻入洞"句：老年人纷纷到政府开放的人防工事消暑纳凉。

农 村 观 感

路宽人来稀，四处少喧嚣。

不见青壮年，多是垂暮人。

路边楼接楼，村里是空心。

空院比比是，门头铁将军。

院内杂草生，入夜吓煞人。

养犬防盗贼，刻木求安稳。

主人在何处，挤入城中村。

艰辛创事业，誓做城里人。

老人梦中事，天天想儿孙。

期盼佳节至，难消孤寂心。

如此城镇化，悲喜谁来论。

城市千般好，叶落可有根？

丁酉重阳

九九又重阳，
陌上金菊黄。
年年重阳日，
今昔不同样。

雁影云边尽，
朔风话沧桑。
天高悬冷月，
斜阳照东窗。

人生近甲子，
岁月相望长。
春来草木深，
秋至露成霜。

携友插茱萸，
东行跪高堂。
登高放眼望，
迈步走四方。

寄 寒 衣

又到十月一，
寒风北来急。
田野落霜花，
备衣眼迷离。

祖辈疼长孙，
想此泪沾襟。
遥托快递去，
捧上御寒衣。

想那三五岁，
长在爷爷背。
未及进学堂，
爷奶驾鹤去。

吾已临花甲，
家庭皆和美。
父母身康健，
孙上三年级。

人间发展快，
天堂可丰裕？
衣食安顿好，

花钱别吝惜。

相距半世纪，
思念未曾稀。
遥思何所寄，
磕头再作揖。

行香子·暮秋

春夏秋冬，戴月披星。
走四方、一路匆匆。
军旅弄枪，地方拼争。
感韶华逝，繁华淡，岁华零。

乍寒霜白，日暖风轻。
观落叶、半卷帘栊。
平生无悔，任由说评。
伴诵诗章，品诗韵，铸诗情。

行香子·小雪

寒鸦南翔，银絮飞扬。
凭栏望，陌野茫茫。
孤灯闪烁，倍觉寒凉。
看叶儿枯、花儿谢、草儿黄。

花开有季，人生无常。

岁月稠，两鬓染霜。

钟情诗书，艺海徜徉。

品桂花酒、菊花茶、蓼花糖。

捣练子·冬至

（一）

冬至日，天正寒，闪闪炉火映帏帘。

至亲好友再相聚，眨眼之间又一年。

（二）

今日过，一阳生，草木含春渐滋萌。

天人轮回自相催，腊柳临雪伴红梅。

（三）

身已暮，志未泯，鲲龙展翅上青云。

华夏人和日正丽，总有惊喜似春雷。

注：鲲龙：2017 年 12 月 24 日，我国自主研制的全球最大水陆两栖飞机"鲲龙"AG600 成功实现了陆上首飞。

戊 戌 清 明

驾车回故土，墓园祭先祖。

多少儿时事，历历上心头。

奉上孝敬银，敬上感恩酒。

端跪膝生根，叩头泪湿襟。

二老身康健，往事细来数。

种田学大寨，学习防变修。

丧葬无轿坐，平野消冢丘。

匆匆半世纪，岁月似水流。

春风拂杨柳，细雨润千畴。

桃花红瓣落，陌塬黄花生。

青翠无空地，桐芽发故枝。

莺飞蝶双戏，往来岁又复。

华夏古文明，璀璨似繁星。

百善孝为先，感恩不待时。

生前侍左右，身后有传承。

合掌祈盛世，日月照千秋。

捣练子·过端午

（一）

五彩丝，佩锦囊。艾叶菖蒲芳满堂。

北国骏马驰如风，江南龙舟竞波峰。

（二）

雄黄酒，粽子香。举杯各报世情忙。

枝头榴花红似火，当空骄阳霞万丈。

（三）

瓜果甜，麦穗黄。布谷齐把丰收唱。

"一带一路"正扬帆，国之重器屡登场。

（四）

节敬承，爱心连。中华美德天下传。

精准扶贫共致富，河山万里庆和昌。

（五）

诵《离骚》，忆先贤。不忘初心昨日言。

两鬓渐白志犹在，夕阳无限正当年。

忆　夏　收

满目金黄波浪翻，子规声声报丰年。

撸起袖子银镰舞，烈日当头汗湿衫。

男拉女拽摊上场，鞭催碌碡碾打忙。

争分夺秒恐骤雨，又怨夕阳归意急。

手举木锨除尘埃，清风吹出红果来。

车载斗量入瓮仓，优先丰足公购粮。

这厢夏收未终息，那厢夏种已时急。

农家含辛茹苦命，但愿食者多珍惜。

沁园春·雪

数九寒天，千里风吹，万里云淡。

望大河内外，层林尽染，苗木枯干，一片苍然。

陌野之上，农民挥汗，引水入田忙浇灌。

央视报，落雪不及半，谁解其端？

雪日如此稀少，问玉帝是否诏未宣？

想五十年前，银花飞舞，玉蝶翩翩，谁不欢颜？

然轻环保，盲目发展，破坏生态被打脸。

猛回首，看环境保护，任重道远。

注：落雪不及半：据 2017 年 12 月 22 日央视报道，二十世纪五十年代至七十年代，西安冬季降雪日约为 20 天，二十一世纪以来则不足 10 天。北京等许多城市也大致如此。虽成因复杂，但与生态环境有一定关联。

学 写 诗

学业未就根基浅，三十余载仕途酣。

赋闲之日心未歇，暮年初吟自知晚。

好在旅途勤积累，喜怒哀乐有记忆。

今把黄昏作黎明，抖擞精神再起犁。

品味人生思哲理，戎马倥偬数佳绩。

春花秋雨皆成趣，晓月寒风情可依。

名联佳作细品味，平仄仄平和韵律。

襟怀坦荡用真情，拙笔亦想歌盛世。

我　与　诗

心在物外，情在其中。

世态变迁，思想随行。

采撷灵气，潜心探究。

躬行不辍，放眼愿景。

回首峥嵘，归档人生。

传递感悟，倾听心声。

平仄跌宕，有起有伏。

人生何如，淡泊明志。

闲情逸致，惬意自沐。

杂学不囿，敏而笃思。

晨迎日出，晚送霞宿。

心有阳光，时不虚度。

我用诗花点年华

行至耳顺实不易，为求掌声猛振臂。
人人都想春光驻，岁月未设延时机。
万事胜意诚心求，争得虚名岂有益。
不再年少发痴狂，求神问仙何其累。

但凡水落石自出，顺其自然情可依。
昔日辉煌蹉跎事，皆成过眼烟云迹。
不逐浪花立潮头，耻为沉地沾泥絮。
暮来平仄初学习，唐诗宋词品韵律。

我用诗花点年华，意境何如任诋夸。
不图立说留后世，但求岁月少尘迹。
点出昨日奋发景，点来今日攀行力。
点开明日畅游路，点得余日映韶晖。

诵读古诗词

暮年吟古诗，知意仅三四。
几多生僻字，边读边翻书。
先哲文笔妙，精读方觉巧。
翰墨情笃美，启智更陶醉。

今人书白话，立意直表达。

行文虽易懂，意境稍显差。

华夏古文明，诗词灿若星。

研习多积累，传承莫迟疑。

读书日有感

自幼听得读书高，身处乱世学无期。

口诛笔伐防变修，批东批西荒学业。

成年才觉学识浅，悔不当初时境迁。

急用先学忙钻研，现炒现卖苦追赶。

蜻蜓点水悟大意，照猫画虎难画全。

胸有佳想笔头拙，万千色彩无从染。

年过半百仕途满，自知诗赋不一般。

笑把黄昏作黎明，手不释卷每一天。

陈忠实先生的脸

纹路遍布

沟壑纵横

是农民的特写

更是沧桑的代言

看那沟沟坎坎

153-

深深浅浅

写满了岁月艰辛、风雨驳蚀

多像

你的根

你的出身——

广袤苍茫的黄土地

忠与实是你的信念

你的宗旨

你的心音

在这神鹿出现的地方

在这巨鲸遨游的滋水河畔

你用大秦腔

吼出了——

"自信生平无愧事，死后方敢对青天"

这就是你

陕西文坛的旗帜——

忠实先生

农民的皮囊

文人的潜质

慈父的模样

大哥的热忱

秦人的憨厚

勇士的豪气

赞丁大卫

心怀济世梦，
胸中有憧憬。
异域只身来，
一片赤子情。

执意挥教鞭，
珠海当园丁。
精心育英才，
学子交口颂。

抬头有大观，
壮志催西行。
金城怨金多，
东乡为义工。

呕心兴华夏，
名利岂可动。
大卫展大操，
何惧路重重。

注：本诗根据中央电视台《实话实说》栏目《大卫正传》而作。

"金城"句：1995 年，丁大卫作为外籍教师应聘到西北民族学院时，学校给他开出的工资是每月 1200 元，他主动要求把工资降到 900 元。

夸 陈 更

诗词大会上荧屏，中华瑰宝展新容。

名播董卿做主持，立群康震主点评。

三秦才女款款来，身着布衣笑盈盈。

眼波脉脉清如水，目光炯炯气若虹。

本为理工状元生，智能机器探无穷。

博士学历人皆羡，钟爱诗书情更浓。

满腹经纶连妙笔，珠玑慢吐接玲珑。

不让须眉夸陈更，玉环貂蝉哪个行？

注：陈更：1992 年生于陕西省咸阳市，北京大学博士生，中国诗词大会第四季总冠军。

悼师蓬勃先生英年早逝

（一）

阎王不慎点错名，噩讯飞来泪盈盈。

金菊初绽秋先尽，宏业起步正葱青。

案头宣绢无色染，架上狼毫空悬影。

四十二庚匆匆去，艺坛憾少伯南名。

（二）

北风瑟瑟传哀曲，白花朵朵伴挽帏。

亲朋挚友视无语，辞君不忍论东西。

贤弟无空留片言，天堂可有纸和笔？

最是娇怜小侄女，一袭白纱任风吹。

注：伯南：师蓬勃先生笔名。

追寻人生坐标

茫茫宇宙

光点代表最崇高的生命

点在运动

忽高忽低、忽左忽右

点的轨迹构成了纵横交错的网

人生的足迹

就勾画在这些坐标里

十年寒窗

目标是名校

跳出农门变成公家人

可高考的大门一度紧闭着

务农

是你无奈的选择

从军入伍

提干变成了你的追求

这些都实现了

又发现仕途没有止境

转弯吧
坐标定在了大都市

高楼林立
汽车像蚂蚁
雾霾赶走了清新的空气
也许
回归自然才是人生的归宿

退休了
光点还在闪烁
就像荧屏上心脏的起搏跳跃

不是吗？
人生就是追寻
有人追寻真理
有人追寻惬意
有人追寻财富
有人追寻权力
追寻没有止境
地球之外另有天际
追寻难分错对
人性本身就存有差异
只是
在光点消失的一瞬
看看人生的轨迹
你的纵横坐标是否定格在理想高度

生命的光点是耀眼闪亮
还是平凡无奇

人啊
很累很累
多为名利所累
上善若水
一切终归于轮回
重新去追寻又一轮人生的光点
你的坐标又该定在哪里？

第五集

哲思咏怀

元 旦 随 感

一个跳跃的光点
急促地走着
奔向一个庄严的时刻
让深沉的钟鸣
牵着急剧的心跳
走向零点
这个终止的感叹号

一个闪烁的光点
不停地走着
走向万众瞩目的时刻
让欢庆的鞭炮声
带着激动的向往
走向元旦
这个开始的感叹号

于是
在地壳的突出部
在时间交替的起跑线上
我看见了
看见了一个伟岸的身躯
丢下黎明前的灰暗
向昨天投去深情的一瞥

继而
带上金色的种子
向东方
向朝霞走去

一个跳跃的光点
急促地走过去
抛下幼稚
走向成熟
走向未来

常人追求的日子

——春节随想

我曾喜欢这日子
因为
丰盛的菜肴
崭新的衣服
以及
花炮炸响的欢喜

我曾喜欢这日子
因为
彻夜的欢愉
无所顾忌

以至于忘乎所以

我曾喜欢这日子
因为
身体的成长
知识的丰富
以及
青春的气息

我当然喜欢这日子
因为
这里有幸福的相聚
以及
充满希望的启迪

春　思

冬去春又来，暖风撩人怀。
花红蝶起舞，叶翠鸟鸣频。
丽色这般好，屈指几度春。
行到花深处，谁人又识君？

天地本无意，长江水滚滚。
彼时忧喜事，过眼成烟云。
红尘多浮华，心愿寄诗韵。
人生皆过客，花落可有魂？

深秋随思

片片黄叶落下

寒意渐浓

窗外飘来绵绵细雨

窸窸窣窣

沙沙作响

是落叶的叹息吗

是雨滴的幽怨吗

不

那是又一轮岁月碾过

留下的脚步声

身边

熟悉的一切随着落叶远去

幽人独往

缥缈孤鸿

曾经的依恋

挫折

奋斗

荣耀

悄悄走入永久的记忆

雨空蒙

路泛白

氤氲之气升腾开来

穿透了枝叶

浸入了生命的年轮

润湿了缱绻的思念

迟暮

随那寂然走过的时针

依然匆匆地前行

而来

而去

春夏秋冬

周而复始

人呐

追逐着时光

也被时光追赶着

谁可知

倔强不屈的生命

会于哪个季节画上终止符

望着流逝的年华

捧着细碎的记忆

斟杯酒吧

沏杯茶吧

沉静思考

凝视远方

慢慢品味生命的真谛

白桦林中

几只欢乐的玉蝶
嬉戏在白桦林里
跳跃在林下芬芳的花瓣上
在阳光明媚的日子
把溢满酒窝的笑洒向如茵的大地

桦树像文静的少女
傲然挺立着颀长的身躯
勇敢地守护着属于自己的处女地

也许
昏暗的暮色里会飘出几缕幽魂
企图把你圣洁的身体扭曲
可你对春天的执着追求
似无敌的神箭
把希望射向穹际

啊，采花姑娘
你就像翩翩起舞的玉蝶
用爽朗的笑声
跳动的血脉
点燃了春的火炬
也唤醒了我

在一片粉色的喜悦中
我把理想和勇气
紧紧地
紧紧地搂在怀里

山 道 随 想

山道
狭窄陡峭
崎岖蜿蜒
要看更多更美的风景
只有不停地登攀

人生何尝不是这样
从学步起
到幼儿园、小学
再到初中、高中、大学
过了一关又一关
毕业了谋生计
成家立业
永远奔波在路上
如同爬山
一弯又一弯
一岭又一岭

上山的路漫长而艰辛

 **匍匐前进**

荆棘丛生

怪石嶙峋

不是所有人都能实现梦想

有的人望山兴叹

有的人半途而废

行走不慎者

跌倒了爬起

有的人爬不起来了

留下终生憾恨

望着耸立的峰

敢于登攀就值得点赞

到不了峰顶

也观赏了沿途的风景

放眼远方

瀑布飞流直下

乱云飞渡

满目葱茏

回望身后

多少碎石

多少泥泞

还有不少山头

都踩在脚下

丢在云中

在人生的山道上

奋力攀登

坎坷沟壑没有挡住前进的脚步

虽然平凡

也到了一定高度

如今

两鬓斑白

却依然砥砺前行

看春回大地

繁花似锦

蜡梅傲雪

云卷云舒

让心情敞亮

身体健康

自然自信

少点遗憾

丢掉幻想

阳光真香

阳光真香

闻过

尝过

哲人的思考

诗人的意境

你我他

可有体会

可曾感悟

人生

纵有阴雨绵绵

纵然行路坎坷

总会有阳光

总会有希望

心境何如

不一样的思维

不一样的结果

心有阳光

乐观

大度

忠诚

笃行

把困难

忧愁

阴暗

狠狠地踩在脚下

抬头

挺胸

勇敢面对

自如运筹

光明

时尚

美好

成功

自会伴其左右

阳光真香

生命的香

奋斗的香

希望的香

快乐的香

情的香

爱的香

愿君

常品其味

常闻其香

沐浴阳光

让心飞翔

人

小时候

第一个认识你

一撇一捺

学起来很容易

长大了

有了经历

却很难读懂你

只有两笔

却难写难认至极

最高级的动物

拥有智慧

拥有无限可能

发展科学技术

创造美好生活

倡导自由

促进文明

弃恶扬善

推动历史前进

人性的大美彰显得淋漓尽致

然而

贪得无厌

阴险算计

掠夺

战争

制造灾难

残害生命

也是你干的

自诩为救世主

常常扛着"正义"的大旗

猜也猜不透

道也道不明

同样的个体

同样的教育

普世真言千车万石
结果呢
谦谦君子
猥琐小人
良莠混杂
从未绝迹

人啊
奇迹中的奇迹
就是这样
还是这样
斗争着发展
矛盾中前进
怨天无解
纠结无奈
唯有心向阳光
砥砺前行
在继承与批判中
弘扬正能量
实实在在
做好自己

酒

美酒佳酿
君子颂扬

小人敬仰

庆典中挥洒能量

让天地旋转、颠倒

催诗意豪情万丈

满腹的真诚

化作热血沸腾

与鲁莽为伍

携粗俗同行

懦夫的挡箭牌

残忍的动员令

摄入越多

思绪越混乱

乃至失去立场

为虎作伥

千百年来最有价值的发明

红的白的甜的辣的

绵柔的刚烈的

中国的外国的

怎样赞颂都不为过

怎样鞭笞都不过分

怎样爱都爱不够

怎样恨都恨不休

还在不断发展

有永不过期的通行证

有雄壮的队伍护送
持正而立时庄严无比
嬉皮笑脸时令人厌弃
液体的"火焰"
"成功"的催化剂
醉人的芬芳中藏有伤人暗器

就是它
还是它
啥也没变
一会儿天使
一会儿魔鬼
令人眼花缭乱
令人虎视眈眈
看着苍茫大地
览尽人间百态

就是这样
还是这样
正面是憧憬美好
反面是不幸灾难
成全了多少好事
拆散了多少姻缘
人在世上行走
都可能撞见它
如何把控自己才是关键

烟

包装各有特色

有的粗朴

有的精致

诞生在数世纪之前

人类生活的地方常有它的踪迹

含焦油和尼古丁

与火为伍

燃烧的瞬间飘出袅袅白烟

弥漫着呛人的气味

令人兴奋的因子

使人麻痹的快慰

因而

帝王庶民

古今中外

追逐的脚步未曾停歇

标签上写着"吸烟有害健康"

偏偏千千万万的高智商者无动于衷

可知

香烟点燃的那一刻

你就扣动了缩短生命的扳机

深深地吮吸

你就奏响了走向衰亡的音符

可知
你指间夹着的香烟
为你带来潇洒
也危害着别人的生命
连同你钟爱的父母妻儿
都在你指间的潇洒里挣扎
拼死抵御着由此带来的疾病
没有赢者

可知
麻木与侥幸遮住了理性
追求洒脱的理论一大套
多少伟人名士
腾云驾雾
还有
社交的需要
提神醒脑
个人自由的选择
林林总总
事实一再证明
它是肺癌的重要致病因素
却挡不住我行我素

就是这么离奇
道理不是不明

不见棺材不落泪

"棺材"摆在那里

看得清清楚楚

听着警钟

点着钞票

心甘情愿朝里走

想想

不神奇也不离奇

在多巴胺测试中

可卡因与尼古丁极度相似

只不过

一个疯狂

一个温柔

让人想到那个著名的试验——

温水煮青蛙

渐进中的陶醉潜藏着最凶残的觊觎

醒醒吧

没有禁止不代表合理

不信你问问

多少人对它抗议抵制

再看看

人们异样的眼神中

分明写着拒绝与摒弃

笔

写画的工具
留下每个人独一无二的痕迹
是思想的喉舌
表达诉求是你的目的
有形的、无形的
从古到今
你记录着生命的厚度
创造着无限的奇迹

你的头脑好似装满了知识
在成长的路上为人们指点迷津
在你的陪伴下
人们畅游在知识的海洋里
劈波斩浪
一帆风顺

你的心中充满了情感
歌唱美好生活
赞美花儿朵朵
笑容多么灿烂
歌声多么嘹亮
鞭笞丑陋
诅咒罪恶

撕破伪装

征讨顽敌

弃恶扬善之中彰显赤胆忠心

你的兄弟姐妹很多

有人把你比作刀枪

那刀枪只是在敌人面前出现

锋利度与硬度一目了然

你却不一样

事无穷尽

风起云涌

撼五岳

意纵横

人间百态

酸辣苦甜

都在你的胸中

伴人一生一世

书写沧桑无限

笔

就是你

虽说无生命

却写出了生命的真谛

谁说无感情

分明是我的兄弟

我幼儿时

你助我识字

我成年后

你帮我写出档案日记

一笔一画

记下了多少崎岖

收获了多少慰藉

退休了

你依然伴我前行

看大千世界

抒内心豪情

拥抱阳光雨露

度

计量单位

行事的分寸

充满哲理

变化无穷尽

万物更替轮回

人的生老病死

事业成败

命运悲喜

无不与它紧密相系

变化的年轮

进化的基因

自然界

正因有它的把控
得以延续

人赖以生存的水
低于零点则凝固成冰
高于沸点则热浪翻滚
日中则昃
月满则亏
箍紧易爆炸
热极大风吹
火山爆发
地震生成
在释放能量中保持着地球的平稳

人类在繁衍生息中
悟出了它的神秘和它的价值
过犹不及
欲速不达
见好就收
恰如其分
智不外露
才不露尽
适可而止
话留三分
都是至理名言
是前人的经验教训

这，就是度
黄金分割法
两极相通的理论
做事为人的道理
顺势而为
择机而动
成事的钥匙
处事的艺术
把控拿捏之道
是一生的学问

登

登
把台阶
碎石
一个一个踩在脚下
向上望
又一高度

登
把过去
是非
荣辱
一段一段甩到身后
向前看

又一历程

人生

高度

长度

宽度

没有标准

没有尽头

有理想

肯攀登

就是尺度

走过

走来

走去

无悔

才是生命的真谛

等

等

是期待

整个身心期盼着

春风阳光雨露

如期而至

等

是一片情愫

听心音

数繁星

激动

焦躁

不语

纷争

都在其中

等

是幸福和痛楚掺杂

是一场艰难的跋涉

浅的雨、深的雪

白的昼、黑的夜

一路相随

高高低低

等

是人生的作业

从呱呱坠地到拄上拐杖

期待中

煎熬中

享受人生

享受痛苦与快乐

享受失望与精彩

金　钱

人人都爱你

无论你长什么样

自古到今

土的洋的

你总是能量超人

能使鬼推磨

能使人变鬼

英雄气短

上帝叹气

你犹如变形金刚

七角八面

变化无穷

一会儿天使

一会儿魔鬼

使人冲动

把人葬送

使人痴迷

让人犯晕

使人富足

引人颓废

人人都想成为你的主人

有的人最终却成了你的奴隶

你一会儿灿烂
一会儿幽暗
一会儿美丽如花
一会儿凶神恶煞

你五颜六色
见人行事
能解万家忧愁
也能置人于死地

说你善变
却也有规律可循
你是通过劳动得来的
人们就心里坦然
你是通过奖励得来的
人们就奋发向前
你是通过抢劫、偷窃或受贿而来的
人们就心惊胆战

这就是你——
金钱
谁也离不开
拥有你的人的结局却千差万别
有人千古称颂
有人遗臭万年
只有听从良心的驱使

诚实地把持自己

取之有道

用之有度

把握分寸

坦然面对

时刻保持清醒

泰然处之

才能开启幸福之门

说　秤

作为度量的工具

本意是为了公平

现实却很无奈

少斤短两的现象从来没有绝迹

用杆秤吧

一秤两砣

盘加磁铁

手压毫背

毫内塞物

改用电子的吧

屏蔽小数

多加开关

预存单价

无线遥控

作弊的手段层出不穷

几千年的文明

道德的教育

书上写

戏中演

诚信的模范

良知的标兵

准星闪闪发光

却总有不以为然之人

就是这样复杂

光明与黑暗

善良与邪恶

不一定黑白分明

一念之差

人的面目会变得猥琐狰狞

让我们大声疾呼吧

擦亮眼睛

拒绝欺哄

把净化灵魂、净化心灵

作为最长久最宏大的"绿色工程"

工　蜂

四四方方似斗瓮，前呼后拥满城兵。

徒手踏露走四方，粘絮采粉在花丛。

纤纤粉腰展舞姿，纷纷飞舞弄春风。

嗡嗡开喉歌美蕊，岁岁年年颂太平。

昼间寻芳在田埂，夜里酿蜜穴巢中。

哺育儿孙当园丁，勤王护院不怠松。

无怨无悔能负重，不为己食怀高风。

世人皆觉蜜味好，几人品出其中情？

迷　　思

梦里

几个熟悉的身影把我拽醒

睡不着了

想了许久许久

生命有多少种色彩

怎么描画

如何精彩

遵从保尔的标准

还是法家或儒家的学说

佛家或道家的理论

成功的路上有没有罗盘

谁来掌控方向

何为有为

何为碌碌

官职的大小

金钱的多少

人的追求有无止境

人生的哲学

哪个是对

哪个是错

幸福是什么

是美好的感受

还是锦衣玉食

追求快乐的脚步迈向哪里

在哪里歇脚

人的欲望

是走向成功的动力

还是通向黑暗的魔咒

也许

人生就是这样

理想是梦想

现实是梦境

踩不实在

抓不牢绳索

就会失去许多

即使有许多的不明白

还得继续生活

看不清庐山真容

就一边攀登一边摸索

石　语

坚硬是我的特质

直言是我的性格

随着火的烈焰

从地心喷涌而出

凝聚起来

巍峨的峰

奔腾的河

依着我的骨骼

顺着我的脉络

蜿蜒而来

蜿蜒而去

勾勒出大千世界

磅礴而美丽

早先

灵长类刚刚降生

无依无靠

无衣无食

我用身体为他们遮风挡雨、充当工具

伴他们一路前行、繁衍生息

后来

我依然慷慨

筑路围田

防盗护院

刀耕火种

营造生机

默默奉献

为了万代康宁

为了自然和谐

如今

我仍然在奉献

可我们躯体渐渐被挖凿得千疮百孔、伤痕累累

豪宅装饰

公园里的假山

银行门前的坐兽

脖子上佩戴的挂件

都是我的肢体

你们似乎习惯了

美其名曰"石文化"

究竟是自私还是无知

我的心在流血、在颤抖、在哭泣

我想问——

难道繁荣的代价

包括所谓的"石文化"

就等于无度开采

就等于破坏

我不改初心

也不想惩罚

却要大声疾呼

你们是最有智慧的动物

更应该明白

生态破坏了

修复谈何容易

夕　阳

夕阳似一杯浓醇的老酒

灌醉了天边的朵朵白云

江河湖泊

群山大地

泛起了一抹抹红晕

千姿百态

分外妩媚

夕阳如一首悲壮的歌

开怀的歌喉

时而高亢

时而低沉

深情的音符

婉转缠绵

激荡销魂

萦绕在天地之间
久久徘徊

夕阳像一幅古老的画
瑰丽辉煌的色彩
令人眷恋
摄人心魄
渗透着无尽的凄美

是啊
很美很美
美在一路走来
霞光万丈
神采飞扬
万物生机盎然
世界温暖和煦

然而
纵有千般好
却是近黄昏
好似人生
精彩纷呈
硕果累累
终有谢幕的一刻
悲壮与惆怅
都是经历

假　如

假如你不理我
我不会怪你
不理有不理的理由
理有理的道理

假如你要恨我
我不会恨你
人生充满爱恨情仇
关键是问心无愧

假如你在怨我
我不会怨你
怨的因由千奇百怪
也许是场误会

假如你欺骗了我
我不会骗你
因为骗的终极
就是苦果自食

假如你离我而去
我不会说你
人人都有追求的权利

也许前面的美更吸引你

假如你已经走远
我不会盲目追你
我要看看我的体力是否充足
也要看看你值不值得去追

假如就是假如
假如不是假如
生活本是万花筒
遇上了、撞见了
就把一切看开
坦然面对
才能活得有滋有味

我 要

我要
时刻要
记牢妈妈的叮嘱
将信仰追求
与做人的根本
永远铭记在心

我还要
必然要

记住首长的要求
将成长中的经验与教训
刻在心灵深处
在前进中设防
保持头脑清醒

我再要
一定要
记好老师的教诲
将外显的激情
莽撞和幼稚
化为谨言慎行

我是要
肯定要
记得战友的帮助
让能量积聚
待一日奋发
如子弹射出

我就要
总是要
记清朋友的馈赠
阳光雨露的滋润
不忘初心
至善至勤
少点蹉跎

多点自信

养　气

气之可贵

在于无形无色无味

却无所不能、无所不依

个人与家庭

国家与民族

强盛之道概莫能外

树活一张皮

人活一口气

无财民不奋发

无气国无生机

正气志气骨气

勇气豪气傲气

气节气度气质

气魄气量气逸

气之魅力

彰显人之品质

家之教育

国之灵魂

"人生自古谁无死，

留取丹心照汗青"

"粉身碎骨浑不怕，
要留清白在人间"
慷慨赴死
凛然不惧

"我自横刀向天笑，
去留肝胆两昆仑"
"僵卧孤村不自哀，
尚思为国戍轮台"
镇守边关
勇往直前

"富贵不能淫，
贫贱不能移，
威武不能屈"
"清水出芙蓉，
天然去雕饰"
堂堂正正
积石如玉

"墙角数枝梅，
凌寒独自开"
"丹青不知老将至，
富贵于我如浮云"
一身傲骨
藐视权贵

"苟利国家生死以，

岂因祸福避趋之"

"先天下之忧而忧，

后天下之乐而乐"

鞠躬尽瘁

忧国忧民

……

走在筑梦路上

营造强大气场

文化

教育

道德

扬正祛邪

择清去戾

承古开今

聚气凝力

助巨轮扬帆

华夏腾飞

微　笑

万般慈善双眉间，一往情深挂眼前。

心怀坦荡总阳光，闲庭信步心自扬。

大千世界放眼量，纷纷扰扰自端详。

相逢一视恩仇泯，磊磊落落彰志强。

内心豁达怀真诚，言行举止总从容。

怡然自得踌满志，春风满面写人生。

心有阳光生百媚，胸怀大爱情更真。

朵朵花儿向阳开，九州和谐幸福来。

悟　棋

纵横十九路，黑白两分明。

对面盘腿坐，静闻落子声。

黑先抢金角，白后占边星。

往来有定势，变招用奇兵。

分投破实空，浅消侵敌营。

跳出脱险境，扳头阻敌行。

打入需谨慎，敌诈机可乘。

弃子不足惜，转换可轮回。

小尖出路远，追击常小飞。

劫才要留够，打劫能救急。

对杀精算计，先刺占便宜。

收官宜仔细，不舍半目棋。

对弈成双影，玄机满棋枰。

静思出妙着，变化永无穷。

神机无人识，创新能称奇。

怡笑纹枰里，胜败皆可喜。

观　棋

棋盘

密密麻麻

纵横交错的格子

像网络

三百六十一个交叉点

如星星眨着眼

等待落子成步迈出的每一点

人生如棋

行走在追求的路上

思索

布局

抢扼要点

占据实地

渴望胜利

为了梦中的希冀

博弈的路上充满艰辛

围追堵截

精心算计

甚至为争胜无所不用其极

一着不慎，满盘皆输

步步为营，携手挺进
生存之道
也需要超人的技艺

格内格外
有实有虚
实地基础牢固
虚地利于腾飞
追求大场大势
关键往往不在中间
边角的妙用或许是走向胜利的契机
趋利避害永远是权衡的真理

古往今来几千年
着有定势
亦屡出新奇
"天元""棋圣"
成名于变化之中
继承与创新是不败的真理

棋道高深
输赢常事
莫为胜负争闲气
无须倚强相战持
举棋心自静
收官清风吹

我 的 感 觉

人的感觉很奥妙

许许多多皆问号

写诗，不大懂平仄

教歌，也不太识谱

没上过正规大学

却常常发表文章

论文得奖的也有许多

想想为什么

答案——

凭感觉！

对，是感觉

这感觉是思考

这感觉是琢磨

这感觉是认真

这感觉是探索

这感觉是刻苦

这感觉是拼搏

这感觉里

流淌了多少汗水

忍受了多少颠簸

倾注了多少感情

消耗了多少细胞

为了这感觉
读过不少中外名著
写过上千篇文稿
也花了不少银两

当然
感觉里也会有瑕疵
甚至让方家讥笑
不过都是真情实感
只会借鉴不会挪抄
更不会自欺欺人甚至臆造

如今
鬓虽染霜
还得与时俱进
点亮感觉这盏明灯
让它把余生照得亮亮堂堂

无 为 而 为

为
是也，做也
给也，帮也
然为与不为

道法自然
充满智慧

无为
似不为
消极？
实则不然
凡事预则立
不可为而为之
妄为乱为
随心所欲
为所欲为
小则乱
大则废
不可不察

为与何为
与度为伍
与法为邻
为己甚者
欲速不达而其反
为己薄者
浅尝辄止而无功
为之无益
为其何也？

因而

为者之道

在于合乎其理

得其法

善者从

德为是

孝乃先

忠作气

义是本

信可依

心中有念

终其所至

无为而无不为

则大事可成

注：无为而无不为：老子语。

笑看红尘

天地悠悠转

过客匆匆行

红尘滚滚

几人能看透

想孔圣人

万世尊崇

然游说之路屡遭遭逐

王冕怀才不遇自比傲梅

终不得不卖画易米

古往今来

多少豪杰英雄

纵有宏愿壮志

几人终成行

人生数十秋

爱恨千古愁

采菊东篱下

望断南山影

更有世风沉浮

科技飞速发展

吃穿住行

一切都在网络中

东山高卧

觅田园牧歌

自食自耕

生存可成？

芸芸众生

名利多其诱

心机费尽得来又复忧

菩提本无树

不尽长江向东流

笑看红尘吧

有奢求

高枕诉

不时梦至

虚虚实实皆自由

枕 边 的 书

最好的食品

最亲的挚友

相近的思想

相同的温度

与我同寝共眠

一起感受夏的热、冬的冷

把思想

知识和智慧

美丽的图案

开启成功之门

战胜困难的勇气

消除痛患的良药

准备得妥妥的

只要需要

你全都给我

镜子里的花很漂亮

闻不到丝毫香气

架子上的书

有金银财宝

那尘封的大锁一直挂着

你何日去开启？

美好的与神圣的事物

你未曾欣赏

买书是为了装饰门面

书是你炫耀的资本

虚假的自慰

而书中的美好永远都不是自己的

曾经

一位旷世伟人

在床上堆了满满的线装本

曾以为这是个人习惯

如今我终于明白了其中的奥秘

庆幸自己也有这样的嗜好

读书

开始只是为了催眠

慢慢发现

我的丁点进步都有它的功绩

枕边的书

最熟悉最理解我的是你

人生路上有你陪伴

我很知足很幸福

你就是我的良师益友

我永远的动力

我永远的兄弟

经 验 的 味

经验是耐人寻味的

多少个不明白的明白

不崇高的崇高

写满稿纸

走在旅途

脑中的震撼

心中的怅惘

林林总总的不解

彷徨中的彷徨

谁愿意捧着经验

一腔酸甜苦辣涩麻香咸的气味

拼搏的汗水

决斗的吼声

台上的芬芳

台下的哭泣

都堆在人生的拐角

站上去望远

摔下来折腿

温馨与安宁

鲜花与荣誉

握手拥抱

梦想期待

山顶上的呼喊

攀登的艰辛

都注在里面

五味杂陈

酿成了琼浆

飘出了香气

耀眼的光芒

斑斓的色彩

五脏俱焚

神不附体

潮水般涌来的喜悦

喷薄而出的食欲

还有艰辛的思索

不解的疑惑

苦读的学费

和苦读后的收获

昂起头来

品经验的味

把所有的体会锁进内心

还是那句话

那句意味深长的话

经验是耐人寻味的

脚长在自己身上

勇敢迈步

走出角落
去看晨曦

霓虹灯啊霓虹灯

五彩斑斓

群"星"闪烁

编织了多少梦幻

点缀了多少美景

从大上海

伸向浩瀚的宇宙

广袤的天空

看，飞船上的照片

那光带

银河一般铺展

火树银花

地球被装扮得无比绚烂

变幻的色彩

多样的姿态

烘托了气氛

点缀了生活

见证过多少成功

引发了多少喝彩

变幻的色彩

万千的迷眼

灯红酒绿的摇曳

黑暗中祈求的眼

眩晕

旋转

昼夜不分

黑白倒颠

飘忽的幽灵

勾魂的贪婪

喧嚣中吆五喝六

烂醉如泥

缺乏骨气的瘫软

迷人的色彩

不停息地变幻

常常为你喝彩

不时为你不安

你啊

笑与哭的桥梁

甜与苦的导演

站在时空的隧道中

笑看人间冷暖

心安自有福禄寿

不求银钱百贯满，不羡广厦入云端。

自作清歌传皓齿，牵上笑意上眉尖。

是非荣辱东流去，柴米油盐本自然。

不必积银置宅地，一寓安身心亦甘。

心神安然身自稳，身心俱安天地宽。

何处厚土不埋骨，岂限蒲城与长安。

自感力丰走四方，无力晨暮走泉边。

心安自有福禄寿，自在随意每一天。

也说难得糊涂

你的字画

兰、竹、石

清雅脱俗

像你的为人

一身傲骨

可多少人推崇的

还是那临摹自你的墨宝——

"难得糊涂"

猜想了数百年

你当时的心境

是什么缘由

令一向刚正不阿、绝顶聪明的你

甘愿糊涂

发无可奈何之激愤

无能为力之自嘲

随波逐流之无奈

遁入虚无之陨落

这不太像你

潍县百姓是否问过

冰清玉洁的你缘何这么说？

板桥啊板桥

一代名吏

百姓颂扬

武士的性格

文人的行囊

"难得糊涂"

分明讲的是境界

人生苦短

不为名利所累

淡然面对喧嚣

求心灵静安

怎知被后世滥用

成为龌龊的陈词

成为不负责任的推脱

聪明的"糊涂人"

去掉引号吧

自恃高雅也好

口是心非也好

桃李不言

下自成蹊
像板桥一样
为百姓谋利益
促社会共和谐
活得堂堂正正明明白白
真糊涂假糊涂
身后自有评说

却是无声胜有声

人世间
多少精彩
多少黯然
看不够
又看不透
像镜子
前面鲜亮
背后都有斑驳的痕迹
岁月的斫痕里藏着什么
是艰辛伤痛
还是万丈豪情

静下来
去山林深处
在芦苇葳蕤的池塘边
聆听蛐蛐儿鸣叫

感受纯美的天籁之声

看水黾在水中滑行

荡起涟漪层层

一圈一圈

奏响了水的韵律

编织了雾的朦胧

一只萤火虫

打着灯笼

寻觅着

呢喃着

像池塘里游弋的星星

星星眨着眼

闪烁着

数也数不清

大千世界

缘情相依

各是各的宿命

豁达些

远离尘嚣

向前看

曼妙的舞姿

最美的风景

却是无声胜有声

把脾气调成手动挡

赞赏这句话——

"把脾气调成手动挡"

似提醒

似调侃

却充满善意

蕴含着哲理

人生

不顺心的事

像自个儿的影子

伴随着自己的足迹

前行

后退

飘忽不定

生气

烦躁

怒火中烧

面对陌生人

朋友甚或至亲

脾气上来了

一挡二挡乃至五挡倒挡

如何调控

大有学问

发脾气不见得都不好

教育孩子

斥责陋习

像岳飞

怒发冲冠对的是仇敌

关键是

分清对象

讲究方法

把握尺度

因为

失控与理智隔的不是大山

而是薄薄的蝉翼

捅破了

大撒手

"蝴蝶效应"

"踢猫效应"

如洪水猛兽

一泻千里

带来的是难以挽回的损失

俱往矣

张飞悲愤不听谏言

鞭笞将士

丢了自个儿头

路怒症

横冲直撞

车废人亡

毁了多少个家庭

坏情绪

易冲动

一旦传染

就可能如骨牌倾倒

恶性循环

祸不单行

好脾气

有教养

是永久的财富

社交中最漂亮的礼服

如皓月温馨而娴静

愿诸君

把脾气调成手动挡

收放自如

一路畅行

关于手和脚的思考

手和脚

各有一双

形状相似

在大脑的导演下

演绎各自的角色

手，灵活
推抓弹扯提拉挡握
掐捏劈砍揭抹撕拨
又善于借力把自个儿能量放大
它是天然的主角

脚，踏实
安于鞋中
与泥泞坎坷为伍
难免存有异味
常扮演卑微的角色

其实
手和脚
哪个尊哪个卑
谁敢轻易下结论
人的高度只能从脚底算起
人的重量承受最多的是脚
没有支点不牢
没有根基不稳
缺了基础
纵有如山宏愿
恐亦寸步难移

所以

不光要关爱灵巧的手
更要善待踏实的脚
因为
手和脚都是进化的成果
都在伴我们创造幸福的生活

事物就是这样
寸有所长
尺有所短
大千世界
缺了哪一个
紊乱错觉就会增多

当然
作为当事人
各自定位莫要错
不能厚此薄彼
也不能妄自菲薄
高不能高高在上
低不必低三下四
手足之情深笃
共赢需要团结合作

死在冰雹下的小鸟

六月初的一天

东北多地突遇强对流天气

狂风

骤雨

直径两三厘米的冰雹直往下砸

三点三万人受灾

一千多公顷夏粮绝收

田野一片狼藉

天晴了

草地的一角

有只被冰雹砸死的小鸟

当人们挪开它的尸体

顿时惊呆了

它的身下有一只嗷嗷待哺的雏鸟

张着小黄嘴

一个劲儿地鸣叫

死亡的小鸟

不知是鸟爸爸还是鸟妈妈

但可以肯定的是

暴风雨来临之前

它完全可以避开

躲到屋檐下、山洞或者巢穴中

可——

雏鸟跌落草地

它不会飞翔

哪能经得起暴风雨的肆虐

冰雹的袭击

面对暴风骤雨

它毅然选择留下

撑起柔弱的翅膀

让孩子待在羽翼下

而自己

任凭暴雨浇泼、冰雹砸击

鹅卵石大的冰球

无情地砸在它的身上

砸中了它的头

它忍受了多大的痛苦呀

却纹丝未动直到死去

是什么支撑着它

是本能的反应？

是应尽的义务？

不

是爱

是世间最无私最伟大的父爱、母爱

在子女遇到危险时

不顾一切去保护

献出生命也无怨无悔

可怜的小鸟死了

可它的爱得到了升华

为它点个赞吧

愿它带着爱心一路走好

也祝愿活下来的雏鸟

在爱的呵护下

快乐地成长

幸福地生活

注：受灾数字来自 2017 年 6 月 2 日民政部网站。

第六集

寒窗抒怀

我 的 小 学

村南一古庙，
改来做学校。
校门朝北开，
两间土教室。

一至五年级，
轮流用教室。
前排在上课，
其余皆自习。

老师重师德，
教学挺较真。
手捧红宝书，
绩可坐交椅。

时去五十秋，
古庙已无踪。
老来思小学，
梦中常游弋。

初中印象

小学毕业升初中，一篇作文论轻重。
内容围绕学雷锋，光辉思想照前程。
带班恩师王忠民，语言文字造诣深。
呕心沥血身染疾，英年早逝痛碎心。

体育老师王怀诗，音乐谱曲乃任旗。
木江校长原任籍，发锁年轻有底气。
初一加入共青团，班自为队皆红卫。
赴荆参加少运会，成绩八秒是亚军。

班里成立故事队，雷锋精神是主题。
苦难童年吾开讲，情到深处泪滴滴。
吃住常在外婆家，表兄小姨同年级。
学习成绩列前茅，每逢考试就神气。

鹧鸪天·在荆中

（一）

黉舍距家十里远，背馍可当三天饭。
家贫岂能望大灶，自带干粮度日艰。
春秋易，冬夏难。个中滋味多辛酸。
为备日后跳龙门，开水泡馍心亦甘。

（二）

身为学子缺书修，本为农家常学农。

为农服务添课程，医疗机电初练功。

走村寨，踏田埂。手捻银针当郎中。

学霸难为 A B C，愧为堂堂高中生。

（三）

评法批儒指江山，"白卷英雄"舞蹁跹。

张牙舞爪知为谁，热血青年浑身胆。

嘴皮溜，学识浅。深造无门望眼穿。

两载时光飞逝过，人生可有轮回班？

注：当郎中：毕业班开设了医疗、机电等为农服务课程，笔者上的是医疗班。

窑 顶 月 浴

清风无力屠其热，处处烫灼衣衫贴。

洞舍闷热似蒸笼，摇扇竹鸣劝蝉歇。

众情邀来清扁月，飘飘然然盆中心。

嫦娥含羞不忍看，躲去丢下白浴巾。

任她素手抚肌肤，无邪少年满童真。

农家校园条件差，酷暑严寒多忍耐。

男孩生来多随意，谅花会妒异性人。

同窗二载趣事多，东西南北皆青春。

排 座 位

名师未解学子情，老少岂能老大同。
男女分列成双队，高低依次排成序。
谁料途中出阻梗，碧水池里雪花涌。
恐是昨日预有谋，巧借机缘攀玉枝。

顺水推舟好行船，桃李不言知深浅。
随机应变反复调，科学搭配各遂愿。
同窗两载本是缘，同桌共读情更牵。
青春少年两无猜，只为情投心喜欢。

注：玉枝：指女同学。

误 会

别恨近近近如追，东村西寨窜如飞。
离校不知何处去，求学无望事成灰。
学友忽临不及备，遣使挚友为援炊。
慈母未道二三语，误把友谊判知己。

返校一封似情信，茫然无措甚为困。
纵是相见不相识，她怨吴君吾怨谁？
一门心思跳农门，青春少年情谊真。
舞象之年多少事，刻入岁月记忆里。

夸　奖

九州痛斥儒经典，稚童岂能去辑编。

狠批读书做官论，张牙舞爪狂似癫。

引出一桩法家事，足够来日七天宣。

自愧多是通篇搬，听者咋会颂连连？

言君字秀笔生花，道吾才华非一般。

如此夸奖意为何，顿觉语塞不自然。

蹉跎岁月荒唐多，随波逐流无深浅。

回首默默慎自问，别是柳眉盼婵娟。

争　执

尧中健儿来荆中，交流比赛争英雄。

共建共荣借东风，全力保障做房东。

鏖战三日各离去，归还借物出问题。

委员受辱遭呵斥，为师岂能无是非？

挺身而出把理辩，哪管旁人下眼观。

驳他不把真相探，斥他固守师尊严。

吵声引来众围观，更有挚友牵衣劝。

年少行事易莽撞，总把义气作担当。

注：委员：七五级一班生活委员。

梦呓

节后又逢同北行，期约西张诉别情。
洗盏更酌烟雾绕，盘腿对坐到鸡鸣。
男朋女友醉如痴，调侃嬉笑未觉疲。
里屋飘来呓语声，隐隐约约道某君。

怨她为何不量力，莫非魂牵鬼差役？
惺忪闻知如此语，满脸绯红头低低。
或许学友凑热闹，自编故事寻开心。
懵懂少年趣事稠，真真假假别在意。

注：节后：指 1976 年春节过后。

逗 笑

室外一道绿屏风，夕阳射来绛色红。
瓦砾忽显幽幽光，寝室飘来笑语声。

挚友缄默眉峰蹙，独自抱书坐一角。
谁能上前逗其乐？解铃且看我去说。

毕 业 照

魂牵梦萦昨日画，一日八问君眼花。

狂友入室偶做戏，招得众人齐举眉。

许兄取相踩暮归，留影可知我与谁？

来日相会在梦里，别泪引得各东西。

注：画：指照片。

访 贫 窘 遇

研习又去郭寨中，淫雨霏霏下不停。

遣入百家独自问，闺房传来道安声。

闻得佳人一席话，低头面壁寻援兵。

递来老镢不晓接，倚门恐有再来时。

荷叶杯·离校

（一）

难忘毕业游弋，相聚，盘腿到鸡啼。

同窗两载共友谊，执手情相依。

（二）

怎奈岁月如水，相别，从此隔音尘。

往后俱为异乡人，唯有梦中音。

军校点滴

（一）

报考人工地，
剑锋再磨砺。
运筹帷幄间，
师团练指挥。

推演在沙盘，
厮杀屡绝骑。
沙场扬威处，
定看一上尉。

（二）

假日走四方，
徜徉在景中。
金陵多图影，
对座论虚空。

拾级上钟山，
栖霞观龙虎。
梅园读历史，
湖边思莫愁。

（三）

郝吴两兄弟，

三载共呼吸。

更有马兄长，

仕途指迷津。

荏苒三十载，

而立双对开。

回首忆秦淮，

依旧溢光彩。

注： 工地：地名，即南京陆军指挥学院所在地。

龙虎：栖霞山风景区龙山和虎山。

函授与文凭

"文革"落幕文凭升，原有凭证分量轻。

工作自然靠实干，仕无"牌照"难晋升。

前去虢镇上职中，抬头教室坐满兵。

首长部属同年级，语法代数探踪迹。

去赶时髦学微机，二进制数太神秘。

学罢寄来一张纸，独自学会开关机。

中专炮院来教授，集中面授一月余。

终考移至炮兵旅，千里乘车去复习。

中央党校上本科，研修经济管理学。

每年两次集中考，远程视频讲习题。
师大报考研究生，学费自交六千整。
门门课程皆优秀，外语未考事无终。

大学啊大学

高中毕业无学升，举国高校多休工。
两眼迷茫回到家，跟着父母走田埂。
想那校园霞满天，神采飞扬恰少年。
学长学弟共携手，学姐学妹舞蹁跹。

更有导师指航向，比学赶帮长才干。
生龙活虎逐东风，苦思冥想解谜团。
胸树大志谈理想，花前月下相叙欢。
三年五载总觉短，幸福莫过想当年。

人生之途路漫漫，未上大学终生憾。
孙辈难解其中味，只怪爷爷脑子懒。
幸得应征进军营，一腔热血写人生。
虽说事业小有成，提起大学仍憧憬。

同 学 聚 会

光阴荏苒卅一秋，荆中别离再聚首。
当年韶华春拂面，今日鬓角霜花沾。

如烟往事细数来，历经沧桑苦与甘。

不负岁月砥砺志，回望旅途亦坦然。

身居三农喜事多，风和日丽勤锄禾。

含饴弄孙勿添愁，音容常留梦乡中。

唯盼体健常通信，名利苦乐皆从容。

继往开来绘愿景，地绿天蓝享太平。

注：三农：即农业、农村、农民。

悼邹崇明老师

惊闻恩师驾鹤去，望断南山魂飞西。

音容笑貌今犹在，哽噎无语泪湿襟。

钟情教育倡大爱，莘莘学子铭心怀。

倾情办学谱华章，含辛茹苦育良才。

满腹经纶数家珍，循循善诱教学勤。

辛勤耕耘一面旗，金城桃李有远音。

春阳秋月品如梅，无欲则刚心似水。

虚怀淡泊任褒贬，胸有丹心自坦然。

因倡大爱遭乡里，不改初衷禀性直。

半世蒙冤铸傲骨，一生坎坷显风神。

呕心沥血身染疾，胃余三分仍奋蹄。

春蚕到死丝方尽，鞠躬尽瘁归故里。

师恩如海爱无疆，清流已去岂敢忘。

想见风范空存影，欲闻教诲杳无声。

继承先师觅佳楹，字里行间探仄平。

祈请祥灵常指点，妙笔传吾写流年。

注：邹崇明老师年轻时在兰州师范大学附小任教，后回故乡蒲城县荆姚中学任教。"文革"后落实政策返兰，任师大附小教导主任。后患重病，胃切除三分之二，仍奋战在教育一线，令人敬佩。

考试难，难于上青天

常做梦

梦里在考试

几十回了

过程十分相似

紧张

基础不牢

考卷看不清

公式没记住

课文未背熟

文具没带全

时间不够了

想探抄别人的

考官紧盯着

……

梦境反映人生现实

不是吗？

人生就是考场

考试绵绵不断

谁个不受伤？

上学考、仕途考

老师考、家长考

领导考、组织考

……

五零后

生逢特别的年代

都有特殊的经历

一次次梦里再现也正常

只是

梦中每每颇受煎熬

慌乱

大汗淋漓

不知所措

担心

猛然惊醒

苦笑

无处诉衷肠

考试难

难于上青天

这辈子

恐难改变

第七集

履职感怀

当 常 委

人武战线十三春，九年区县把职任。

地方班子当常委，军地融合共推进。

参加区县常委会，区域发展来把脉。

社会经济多学习，丰富知识筑根基。

常去乡镇搞调研，社情民意记心间。

武干任务倡兼容，维稳抢险当尖兵。

上会议题事先备，抓住重点想问题。

切中要害多建言，有为才有发言权。

注：笔者 1996 年 3 月至 1997 年 9 月任原高陵县委常委，1997 年 10 月至 2004 年 6 月任西安市临潼区委常委。

渭 河 抢 险

区委召开常委会，班子分工加新责。

为求发展迈大步，成立八个指挥部。

防洪抗旱当政委，协助区长去指挥。

军地协调一盘棋，运筹帷幄创佳绩。

渭河决口水倒灌，万顷良田有危险。

新丰河道又决堤，危及钢铁大动脉。

灾情重大火燃眉，迅速报告请部队。

动员民兵速集中，协调部队打冲锋。

成立抢险突击队，亲临一线去救急。
河道有人未撤离，急调工兵涉水去。
抗洪抢险整七天，不分昼夜消隐患。
年终省上奖牌颁，未辱使命心自安。

街 道 办

遵上巧理千条线，承接地气一针牵。
职级不高责任重，职能繁杂薪未攀。
科室社区咱统筹，七所八队吾双管。
权力不大敢碰硬，执法剑钝总汗颜。

白昼夜晚不歇气，四面八方全走遍。
垃圾清运夜间事，每逢佳节难悠闲。
睁眼闭眼讲稳定，醒中梦中思安全。
弱势群体勤佑护，顽劣陋习严教管。

承上启下路要广，联络左右道需宽。
人大政协常联系，公安税务勿怠慢。
派出机构行政务，办事机关抓总揽。
街巷总理戴高冠，共建和谐事比天。

鹧鸪天·街办主任

行政系统一精英，沉在基层弄春风。
三头六臂不惜用，千针万线密密缝。
全覆盖，全天候。统筹协调总匆匆。
废寝忘食为民愿，何惧山高路又重。

发展经济讲持续，城市管理求靓丽。
安全生产记心中，社会稳定不放松。
强班子，带队伍。团结奋进打冲锋。
不辱使命八方赞，共绘发展新愿景。

创　卫

创建卫生城市，
西安决定行动。
邻省请来精英，
筹谋快速成功。

进行思想动员，
加大舆论宣传。
营造创卫氛围，
依重精神武器。

匍匐前进

先抓面上卫生，
垃圾随落随清。
增加保洁员工，
形成全民皆"兵"。

治理混乱秩序，
取缔占道经营。
说服小商小贩，
买卖纳入店中。

铲除非法广告，
规范垃圾倾倒。
整修树坑井口，
拆除违章建筑。

加大执法力度，
毅然抽楔拔钉。
市区统一行动，
拧成一股粗绳。

实行责任追究，
检察纪委上手。
干部分口承包，
带领精兵冲锋。

如此大干四年，
卫生环境大变。

终于创卫成功，

金牌挂上古城。

保洁员　环卫工

朝踩晨露夜伴灯，阔街巷陌点点影。

一把扫帚尘遁形，两块抹布垢无踪。

喷洒水雾降粉尘，修剪花木增新绿。

烈日炎炎不停步，白雪皑皑亦匆匆。

霏霏烟雨仍敬业，浓浓雾霾也尽职。

陋室半壁支卧榻，蒲扇一把祛乏暑。

自带凉水痛解渴，泡面馒头果饥腹。

不图名利似螺钉，城市靓丽有其功。

鹧鸪天·城管

（一）

好似军警站路边，阔街巷陌随处见。

虽未举枪去征战，风风火火不一般。

理秩序，消混乱。上班下班没准点。

酷暑严寒浑不怕，只为市民心中暖。

（二）

依法管理事必严，纠违难免开罚单。

乱搭乱建需拆除，占道摊贩必须管。

规与纵，收与宽。管与不管两重天。

两难之中履其职，城市靓丽人人赞。

小巷"总理"

男女皆可为，任职在民居。

不用组织提，居民牵手批。

为民勤操劳，不分此与彼。

职级未定论，往来相行急。

环境要靓丽，管控又治理。

就业拓路子，低保不漏一。

和谐邻里情，生育保优质。

事事无巨细，与民共呼吸。

水调歌头·科技创新

茫茫宇宙间，

亘古亿万年。

人类进化繁衍，

一路解谜团。

万物生存有序，

何处坦途铺展？

步步满辛艰。

唯有高科技，

创新助梦圆。

核聚变，

箭冲天，

冰可燃。

行在东西南北，

探索无极限。

科学开启潜能，

难题等待破解，

我辈莫等闲。

奇迹在高峰，

只要肯登攀！

印象高陵

地势平坦不见山，两镇八乡拥鹿苑。

沃野四千五百顷，傲视秦地"吨粮"县。

北连通远有教堂，南接塬上马家湾。

泾河绕西向南去，渭河西来东流湍。

千年古寺昭慧塔，泾渭分明显奇观。

人口密度居其一，十人老表数二三。

早年养鸡勤致富，后栽梨枣把钱赚。

小尾寒羊曾推广，都市农业亦自然。

泾河园区起步早，工业基地立秦川。

长庆家园聚人气，陕汽重卡不一般。

撤县设区再加速，区位优势人皆羡。

素称关中白菜心，快马加鞭未下鞍。

注："吨粮"县：高陵区（曾为县）土地肥沃，水利设施好，粮食产量高，是陕西省首批"吨粮"县之一。

　　老表：高陵区（曾为县）俗称老表县。

　　白菜心：泾（阳）三（原）高（陵）三县地势平坦，土厚水丰，素有关中"白菜心"之称。

江城子·说临潼

（一）

世人皆知兵马俑。

问临潼，

谁知情？

随我看来，

屈指点几宗。

西距古都三十里，

秦初定，

今沿用。

辖域七千四百顷。

东西短，

南北纵。

渭河东流，

骊山瞰关中。

人杰地灵聚仙气，

平民慕，

帝王钟。

（二）

骊山晚照入八景。

华清宫，

兵谏亭。

焚书坑儒，

惊世兵马俑。

秦风唐韵威名显，

扁鹊神，

栎阳雄。

撤县设区展新貌。

人气旺，

八业兴。

骊骏腾空，

烽火照前程。

跨越发展蓝图展，

同心干，

事定成！

江城子·新城区

（一）

转业报到去探营。

过钟楼，

向东行。

步入新城，

走马观昌荣。

新城广场气势雄。

旗猎猎，

人众众。

新城又称是王城。

明朱楩，

居秦城。

随处皇迹，

处处展峥嵘。

北靠盛世大明宫。

含元殿，

美丹凤。

（二）

经济社会求双赢。

十连贯，

屡争雄。

杨森陕汽，

六大军工城。

百年秦腔易俗社。

八姐妹，

神州颂。

展翅奋飞号角鸣。

撸袖子，

上征程。

上下同心，

聚力创繁荣。

军民共建幸福路。

铆足力，

共圆梦！

判读务虚会

参观学习昨日归，新疗召开务虚会。

集思广益来把脉，直言相谏是与非。

工业强区要盯准，旅游农业是根本。

一带六园快规划，建构腾飞大骨架。

城市建设靠经营，建新改旧求双赢。

秦风唐韵添品位，不要忽略小城镇。

路网建设大手笔，连接南北与东西。

围绕景点修专线，靠近专线建名店。

 匍匐前进

都市农业要发展，想着市民抓生产。
奶果蔬菜和花卉，诚信经营求实惠。
塬区栽果不种粮，河边多菜少碾场。
沿山可盖小洋房，渭北经作加牛羊。

石榴柿子两个宝，中外驰名前景好。
扩大种植成规模，优质环保绿色果。
八个龙头要培植，公司农户两得利。
银桥汉兴走在前，锻造供销产业链。

旅游名城是定位，骊山包装要点缀。
保护绿化第一位，吃住游购增财税。
招商引资广聚财，政策优惠客会来。
环境良好作保障，老板赚钱咱收粮。

运用科技创名牌，点石成金靠人才。
教育产业不能等，塑造发展软环境。
都市能量多吸收，人才资金信息流。
窗口形象塑造好，遇到困难多研讨。

上属单位尽是宝，区域发展离不了。
创造条件留得住，临潼发展多根柱。
国防建设要支持，党管武装解难题。
青年民兵是后盾，急难险重有驻军。

事业最终靠人干，奖惩机制要完善。

扑下身子上一线，领导公仆冲在先。

临潼前景很美好，抢抓机遇贵在早。

全区上下齐心干，不枉务虚三天半。

后　记

无悔是流年

　　拜读了好友华志奇《往事碎语》一书，我感触颇深，遂把以前写的十几首小诗传去，得到了他的热情鼓励。他还建议我将诗作整理成册，好在几十年来我积存了不少旧作和素材，稍事归整和补充，篇幅也就够了。

　　诗词是生活的剪影，更是心灵的独白。幼时学习机会少，知识浅薄，然年轻时思想活跃，意气风发，遇到了有感之事，就以杂文和诗的形式抒发情感，启迪心智，一吐为快。就这样，照猫画虎，边学边练，断断续续写了数十年。所以，我写的东西比较零乱，体裁上也五花八门，只能说是有真情实感罢了。

　　诗集取名"匍匐前进"，觉得它比较切合自己的经历。想想自己一路走来，抱着男儿志在四方的激情，高中毕业后，给大队部的墙上贴"活着一分钟，奋战六十秒"的决心书，给接兵首长写血书；入伍后沙场苦练，抢险救灾，战场杀敌；转业后管理城市，发展经济，追求科技创新，步步充满了挑战，如果没有"匍匐前进"的胆气和毅力，是难以闯过来的。尤其是遇到困难和挫折的时候，正因不忘初心，"低姿、侧姿、高姿"，奋勇攀登，砥砺前行，才得以始终走在无悔的大道上。

　　岁月如歌，逝者如斯。不知不觉，我已步入花甲之年，感慨良多。在战友、同学及家人的支持下，诗集终于要付梓了，心里自然高兴。在时间跨度上，《匍匐前进》写的是自己的人生，成文时间漫布在入伍后的四十多年间，它记录着我的足迹和心路历程，也留下了时代的痕迹，每每看到它，眼前就会浮现出一张张熟悉的面容、一幕幕波澜壮阔的景象、一桩桩难忘的往事，聚集起来，算是对自己大半生的别样检验和总结。

　　《匍匐前进》虽然粗糙，却凝聚着自己的情感和辛劳，自然希望更多的人读到它，喜欢它，更希望各位方家和朋友不吝赐教。

　　在《匍匐前进》统稿和编印过程中，著名书法家、评论家白京勤先生欣然作序并题写了书名，《华商报》赵宗彦主任、诗词达人阎春喜博士热心指导，雒福秀、胡二军、王让果以及新城区科技局、西一路街道办的同志们一如既往地支持，三秦出版社编辑何飞燕、胡若涵精心编校，为作品增光添彩，在此一并表示诚挚的感谢！

吴选印

2019 年 9 月 18 日